魔王のいない世界に勇者は必要ないそうです
Mugen no Tsubasa
〔著〕夢幻の翼
〔絵〕Csyday

コトラ
アルフの使い獣魔。
可愛らしい子猫かと思いきや、
ピンチには大虎に変身する。
アルファート
本作の主人公。魔王を倒した元勇者で、
剣技、魔法ともに他を圧倒する実力を持つ。
破天荒に見えて、超お人好し。

コネン
謎多き冒険者。
飄々としていて、
人の懐に入るのが上手い。
シューラ
元勇者パーティーの聖女で、
心優しい回復魔法の使い手。
怒ると怖い。
マリエル
行商人の少女。
護衛を探しているようだが、
何やらワケアリらしく……？
登場人物紹介
CHARACTERS

1

その日、七つの国を有《ゆう》すアメニトリア大陸の中でも最大の領地を持つ、エンダーラ王国の国王謁《えっ》見《けん》の間で、勇者《ゆうしゃ》である俺――アルファートは魔王討伐《まおうとうばつ》の報告を行っていた。

「――漆黒《しっこく》の魔王の討伐、しかと完遂致《かんすいいた》しました。これにて王国は魔王の脅威《きょうい》から解放されたことをご報告致します」

「おお、よくぞやってくれた。さすがわしが勇者と認めた男だ。この度《たび》の魔王討伐、ご苦労だった。褒《ほ》めてつかわす」

片膝《かたひざ》をついて礼を尽《つ》くす俺に向かい、王座《おうざ》で自慢《じまん》のあご髭《ひげ》を撫《な》でながら偉《えら》そうに話すのは、この国の王。王権で国中にふれを出し、当時冒険者をしていた俺を探し出してこちらの意見も聞かずに強制的に儀式《ぎしき》を行い、勇者認定《にんてい》をした張本人だ。

「はっ！　ありがたきお言葉にございます」

『勇者は魔王を討伐する義務がある』の一言で、俺を長きに亘《わた》る苦難の道のりへ向かわせた諸悪《しょあく》の根源である国王。その男に対して、不満を表には出さずに応じるのには理由があった。

先ほど口にした通り、俺が魔族の長《おさ》である魔王討伐を果《は》たしたことで、世界が魔王軍の脅威から解放されたのだ。報酬《ほうしゅう》も破格《はかく》のものが用意されていると考えるのは当然だろう。その報酬でこの歳――二十八にしてのんびりとした余生《よせい》を送れるのならば、この場だけ国王に頭を下げることなんて些細《ささい》なことだと考えたというわけだ。

だが、そんな打算《ださん》をしながら国王の次の言葉を待っていた俺に告げられたのは、とても信じられないものだった。

「――魔王が討伐され、王国への脅威がなくなったゆえに、もう勇者は必要ないだろう。王国は魔王討伐に際し多額《たがく》の金を貸し付けた。それの帳消《ちょうけ》しをもって魔王討伐の報酬とする。ああ、そうじゃ。今後はそなたが装備《そうび》している勇者の剣などの武器防具《ぶきぼうぐ》も必要ないだろう。それらは王国が資《し》金《きん》を出して用意した物だ。この機会に回収させてもらうが、よいな？」

国王の言葉に俺は耳を疑い、彼の隣《となり》に並んでいる宰相《さいしょう》や他の貴族・要人に目を向ける。

しかし、権力の象徴《しょうちょう》である国王の言葉に反論《はんろん》出来る者はおらず、皆、居心地《いごこち》が悪そうに目を逸《そ》らすばかりだった。

命がけで魔王と戦ってきた功績《こうせき》を「褒めてつかわす」の一言で済《す》ます国王の神経《しんけい》も疑うが、それ以上に活動資金と言われて渡されていた金が借金扱《あつか》いになっていることに、俺は憤慨《ふんがい》していた。大声で批判《ひはん》したい気持ちをぐっと押し殺しながら、俺は出来るだけ穏便《おんびん》に質問をする。

「私は国王様の勅命《ちょくめい》のもとに、命の危険に晒《さら》されながらも魔王討伐を果たしました。その見返りがこの仕打ちなのでしょうか？」

俺の訴《うった》えに、国王は面倒《めんどう》くさいと言わんばかりの表情で告げる。

「ああ、魔王討伐に関しては感謝しておるぞ。だからその間にそなたが使った多額の資金については、王国が肩代わりしてやると言っておるのだが、それだけでは不満なのか？」

駄目《だめ》だ、まったく話が通じない。

「では、国王様は魔王を討伐した私に無一文《むいちもん》でここから出ていけと言われるのでしょうか？」

「なんじゃ？　そなたは魔王討伐の勅命を授《さず》かるまで全く貯蓄《ちょちく》をしていなかったのか？　思ったよりもだらしのない奴だったのじゃのう。仕方ない、温情《おんじょう》で金貨十枚ほど報酬を上乗《うわの》せしてやろう。それで文句《もんく》はなかろう？」

金貨十枚は、普通の仕事をしている者が一ヵ月で稼《かせ》げる額《がく》とほぼ同じ。魔王討伐の報酬として納得《なっとく》出来る額ではない。しかし、このままこの場で話を続けてもこれ以上の譲歩《じょうほ》は引き出せそうもない。俺はしぶしぶ形だけの感謝の言葉を告げると、謁見の間から退室《たいしつ》したのだった。


「これからどうすればいいんだろうか……」

俺は王城前の広場のベンチに座り、途方《とほう》に暮《く》れていた。

あの後、謁見時に預《あず》けておいた装備品をほとんど取り上げられた俺は、別室にて報酬の金貨十枚を受け取ると、すぐに城から追い出されたのだった。

金貨十枚。贅沢《ぜいたく》をせずともすぐに生活費が枯渇《こかつ》するのは分かりきっているが、これを元手《もとで》に商売《しょうばい》を始められるわけでもない。

「いっそのこと護衛《ごえい》依頼を受けつつ、他国を旅して回るのもアリかもな。世話になった知り合いに顔を見せにいくのもいい。それに、こうして勇者の使命はなくなったんだ、好きな酒を飲むことを咎《とが》められることもないわけだ。安酒のエールだけじゃなく、各国の地酒《じざけ》を飲み歩く旅も楽しいかもしれないな」

ついさっき理不尽《りふじん》な仕打ちを受けたばかりだったが、重い使命の責《せき》がなくなった解放感が勝り、俺はすんなりと前向きな気持ちになっていたのだった。

「そうと決めたら資金が尽きる前に行動しなければな。まずは宿を引き払って……そうだ」

これからの予定を整理していくうちに、俺の中で悪戯心《いたずらごころ》がふつふつと湧《わ》いてくる。

「やはり、きちんと魔王討伐の報酬、金貨十枚のお礼はしておかないと駄目だな。俺の心の安息《あんそく》のためにも……。くくくっ、今夜が楽しみだ」

俺はそう呟《つぶや》いて目の前に立つ王城を見上げると、黒い笑みを浮かべながら借りている安宿《やすやど》へと向かった。


――キィ。

宿の部屋のボロ戸《ど》を開けると、使《つか》い獣魔《じゅうま》のコトラがタタタと駆《か》け寄《よ》って出迎《でむか》えてくれる。

「にゃあ」

コトラは魔王討伐の旅の途中で、魔王の魔素《まそ》に当てられて魔物化し突然襲いかかってきた子猫《こねこ》だった。その時は反射的に反撃《はんげき》してしまったが、運よく一命を取り留めたところを当時パーティーメンバーだった聖女《せいじょ》シューラに頼んで怪我《けが》を治療《ちりょう》してもらい、使い獣魔契約を結んだのだ。

「——ああ。俺のことを本当に分かってくれるのはお前だけだよ」

「にゃう？」

コトラは後ろ足で身体《からだ》を数回掻《か》くと、ぴょんと俺の肩に飛び乗ってくる。

「これからまた旅に出ることになるぞ。だが、前と違って今度はのんびりと行こうな」

「にゃお」

俺の言葉を聞いて、コトラは「ふわぁ」と大きな口を開けて欠伸《あくび》をする。

「少し寄り道をして町を出るからな」

そう言ったにもかかわらず、コトラは俺の方をチラッと見てからひょいと身軽な身体を弾ませて、近くのベッドにダイビングして布団《ふとん》の上で丸まる。

「おいおい、寝てる場合じゃないぞ。お前も一緒に行くんだからな」

俺はベッドの上に丸まったコトラの首根《くびね》っこを掴《つか》むと、再度自らの肩に乗せて部屋を出た。

「——急ですまないが、宿を引き払いたいんだ」

荷物を抱えた俺は宿のカウンターで主人にそう声をかける。

「今からかい？　他所《よそ》に行くなら明日の朝の方がいいと思うが……」

「ちょっと野暮用《やぼよう》が出来てな。だが、急な話だし、明日の宿泊代金《しゅくはく》まではとっておいてくれ」

「そうか、すまないな。また王都に来たなら寄ってくれよ」

「ああ、そうさせてもらうよ」


宿を引き払った俺は、これからの旅に必要な物を町で買い揃《そろ》えながら夜になるのを待った。

ちなみに、勇者である俺が町を歩いていても声を掛けられることはない。俺が平民だからだろう、王は勇者がどんな人物なのか公《おおやけ》にしなかったのだ。まあ、俺としても目立つのはあまり好きじゃないから、不満はないけどな。

やがて夜になると、宿に預けていたために王家が回収を忘れた魔道具のうちの一つ——認識阻害《にんしきそがい》の外套《がいとう》を纏《まと》い、闇夜《やみよ》に紛《まぎ》れて警備《けいび》の手薄《てうす》な裏門から城へ忍《しの》び込む。城の警備は魔王が討伐された安堵《あんど》から比較的緩《ゆる》くなっており、忍び込んで十分ほどで目的地である国王の寝室の前まで辿《たど》り着いた。

「ぬるいな。俺が本物の暗殺者じゃなくてよかったな。国王を簡単に殺せてしまうぞ。まあ、あんな国王でもいきなり死んでしまえば国は混乱するだろうし、そこまでのことはしないが……せめて俺の気持ちをスッキリさせるために少しばかり恥《は》ずかしい目に遭ってもらうとするか」

俺はそう呟き、寝室の中の様子を窺《うかが》うために、肩に乗っているコトラに魔法をかける。

「——超獣可視化《ビーストスコープ》」

魔法を受けたコトラは薄く光を帯《お》びる。

「魔力で一時的にお前の視界を俺にも見えるようにしたから、天井裏《てんじょううら》から様子を探《さぐ》ってくれ」

コトラは分かったとばかりに尻尾《しっぽ》をピンと立てて振ると、高い天井の隙間《すきま》へと大きくジャンプをした。使役《しえき》する獣魔を通じて先の景色を見られるのは、一流の獣魔《テイマー》道士だけ。習得条件が厳しく、俺がこの能力を得られたのは幸運と言ってよかった。

「一人で寝ていてくれれば話は簡単なんだが……」

俺は扉の前に立ち、コトラの視界を借りて国王の姿を確認する。

「どうやら一人でぐっすりと眠っているようだな」

俺は「ふう」と息を吐《は》くと、勇者パーティーの斥候《せっこう》のヒューマに教えてもらった開錠術《かいじょうじゅつ》で、静かに扉《とびら》の鍵《かぎ》を開ける。

——ズズズ、と出来るだけ音を立てないよう寝室のドアを開いた俺は、忍び足で国王の眠るベッドへ近づく。そして、強力な睡眠《すいみん》魔法をかける。

「ふう。これで何をしようとも朝まで目が覚めることはあるまい」

俺はニヤリと悪い笑みを浮かべながら、懐《ふところ》からよく砥《と》がれた小ぶりのナイフを出す。そのまま国王の頭に添《そ》え、ニヤニヤしながら丁寧《ていねい》に髪《かみ》の毛を剃《そ》り上げていく。頭の毛を剃り終えた後、あごに生えている立派な髭が目に入り、ついでとばかりに髭も綺麗《きれい》に剃り落としてやった。

「謁見中もしきりに撫でていたし、自慢の髭だろうからなくなったら驚くだろうな」

髪と髭を全て剃り落とした俺は、魔法の研究中に偶然《ぐうぜん》発見した毛根死滅《もうこんしめつ》なるオリジナル魔法をそれぞれに念入りにかける。これで二度と毛が生えてくることはないだろう。

それから剃り落とした毛を袋に入れた上で、俺だけが使える魔法の一つであり、物を劣化させずに無尽蔵に保存出来る異空間収納魔法《いくうかんしゅうのう》で回収すると、そっと部屋から出る。そして元通りに鍵をかけてからその場を離れた。

「毛根死滅――偶然見つけたくだらない魔法だったが、思わぬところで役に立ったな。今回の俺に対する仕打ちを考えると甘すぎる対応だが、今はこれで勘弁《かんべん》してやるとしよう。だが当面《とうめん》……いや、今後は恥ずかしくて公務で顔を出せないかもしれないけどな」

俺はそう呟きながら走って王城から脱出《だっしゅつ》した。

「明日の朝になればおそらく城内は大騒《おおさわ》ぎになるだろう。もしかしたら犯人探しで王都を出るのが難しくなる可能性もあるから、夜のうちに王都から出るぞ」

俺は肩に乗ってきたコトラにそう語りかけると一番近い門へ向けて歩き出したが、ここで一つ面倒なことを思い出す。夜間に危険な町の外へ出る者はほぼいない。一人で出るなどもっての他だ。そんな中で門兵《もんぺい》のチェックを受けるなど、覚《おぼ》えておいてくださいと言わんばかりのリスク行動だ。

仕方ない、ここも外套を使って通り抜けるとするか。だが、念には念を入れておこう。

「コトラ、すまないがあの門兵の気を引いてくれ」

「にゃう」

コトラはそう鳴いて暗闇の中へ走り去ったかと思うと、門兵の頭上あたりから鳴き声を発する。

「なんだ、野良猫《のらねこ》が発情《はつじょう》でもしてるのか？」

門兵が声の方へ視線を向けた隙に、外套を纏った俺は静かに門を通り抜けた。脱出成功だ。

「ぷっ、くくくっ」

夜の街道《かいどう》をゆっくりと歩く俺の肩に、コトラがタタタと走り寄ってぴょんと飛び乗ってきた。自慢げな顔で、褒めろとばかりに尻尾でペシペシと俺の頭を叩いてくる。

「ああ、よくやった。優秀《ゆうしゅう》な相棒《あいぼう》を持った俺は幸せだよ」

コトラの頭を撫でてやりながら、剃り上げてやった国王の頭を思い出す。目を覚ましてから絶望の表情をするのを想像するだけで顔のニヤニヤが止まらない俺だった。慌てる姿が直《じか》に見られないのは残念《ざんねん》だが、人の口には戸は立てられないと言う。そのうち噂《うわさ》を聞くことになるだろう。

その後、俺は王都からある程度離れた場所で野営《やえい》し、一夜を明かしたのだった。

◆◆◆

翌朝、目を覚ました国王は頭とあごに違和感《いわかん》を覚え、自慢の髭を触ろうとあごに手を添えた。ところが昨日まであった髭はなく、慌てて悲鳴《ひめい》に近い声で侍女《じじょ》を呼ぶ。

「国王様、どうされました？」

侍女が部屋に入ると、つるつる頭の国王が鏡《かがみ》を持ってくるようにと叫《さけ》ぶ姿が目に入った。侍女はその滑稽《こっけい》さを笑うわけにもいかず、必死に我慢をしながら鏡を差し出す。すると、それを奪《うば》い取るように手にした国王は、自らの顔を見てその惨状《さんじょう》に驚愕《きょうがく》し、今度こそ悲鳴を上げた。

「な、な、ない！　自慢の髭もふさふさの髪もないだと⁉」

寝ている間に抜け落ちたにしてはベッドには髪も髭も落ちてはおらず、まるで毛だけがどこか別の世界にでも行ってしまったかのようだった。

「国王様。これはいったいどうしたことですかな？」

国王の叫び声を聞きつけ、慌てて部屋に現れた宰相《さいしょう》も驚きのあまりそう言うしかない。何かの毒か呪《のろ》いの類《たぐい》ではないかと、大至急《だいしきゅう》、薬師《くすし》と解呪士《かいじゅし》の手配《てはい》をした。しかしどちらも「毒でも呪いでもありません。ただ剃られているだけですね」と恐縮《きょうしゅく》しながら説明をするだけ。

「いったい、いつの間に？」

頭に初級回復魔法《ヒール》をかけてもらいながら、国王はぶつぶつと愚痴《ぐち》をこぼす。

「今日のところはここまでにしましょう。これは怪我ではありませんので、初級回復魔法《ヒール》ではあまり効果《こうか》はないかと思われます。自然に生えてくるのを待つ他ないかと。毎日かければ多少は改善《かいぜん》するかもしれませんが……」

王室専属《おうしつせんぞく》の治癒魔法士《ちゆまほうし》からそう告げられた国王は「どのくらいで元に戻る？」と確認したが「なんとも言えませんが、おそらく一ヵ月ほどかと」と返され「ぐむむ……。仕方ない、暫《しばら》くは公の場に出る式典《しきてん》などは行わないことにする」とつるつるの頭をさすりながら苦渋《くじゅう》の表情をして宰相に告げたのだった。しかし、国王たちは知らなかった。毛根死滅の魔法の効果《こうか》によって、国王の頭とあごにはもう二度と毛が生えてはこないということを。

2

翌朝、仮眠《かみん》から目を覚ました俺は、明るい空を見てそろそろ騒ぎが起こっている時間かと思い、頭の中でその場面を想像した。

「今頃、国王はつるつるの頭とあごに青ざめている頃だろう。本当ならばこの目で直接見て笑ってやりたいところだが、リスクが高すぎるからな」

俺は魔法鞄《まほうかばん》――王家が回収し忘れたアイテムの一つ――から取り出したパンと干し肉をかじると、コトラにも分けた。

魔法鞄とは空間魔法がかけられた魔道具で、中に入れた物を魔法で作られた特殊な空間で保管《ほかん》することが出来る優れ物。見た目からは信じられないほど多くの物を入れることが出来るため、超高級な魔道具として知られている。

とはいえ俺からすれば性能は微妙だと言わざるを得ない。数日分の食料を保管しておける程度の物だ。ただ、俺の持つ異空間収納魔法の存在を誤魔化すため、都合のよいアイテムではあった。

俺とコトラは腹ごしらえをしながら、共に隣町であるキロトンへ向かって歩く。

「隣町とは言っても歩いて行くには少しばかり遠いんだよな」

俺とコトラがキロトンまで約半分の距離にある水場《みずば》で休んでいると、そう遠くないところで怒号《どごう》と悲鳴が上がるのが聞こえた。

「そっちに行ったぞ！」

「慌てるな！　複数であたれ！」

静かな森の街道にそんな叫び声が響くのを聞いた俺は、厄介《やっかい》ごとになるのを承知で首を突っ込むことに決め、声のする方角へ走り出す。もう勇者は引退したので無償《むしょう》で助ける道理《どうり》はないが……。

「聞いてしまったものを放っておくのは気分が悪いからな」

俺はそう呟くと、身体強化《しんたいきょうか》の魔法を自身にかけて、戦いの音が鳴り響く方へ急いだ。


走り出して数分もしないうちに街道の大きく開けた場所に出ると、大きな黒い狼《おおかみ》に襲《おそ》われ立ち往生《おうじょう》している馬車が目に飛び込んでくる。

「そっちに行ったぞ！　絶対《ぜったい》に馬車に近づけるな！」

護衛の一人がそう叫んで必死に剣を振るう。

「あれは……珍《めずら》しいな、魔物化した狼じゃないか。魔王を倒してから魔物化した獣は激減《げきげん》したとギルドで聞いていたが、こんな場所で出くわすとは……」

魔物とは、魔王の力の象徴である魔素を必要以上に体内に取り込んで狂暴化《きょうぼうか》してしまった獣のことだ。魔物化した獣には総じて共通したある特徴が表れる。元の毛色が何色であっても黒く変色し、その目が深紅《しんく》に染《そ》まるのだ。そして、魔物はCランク程度の護衛では討伐は厳しく、連携《れんけい》が上手くいかなければ全滅《ぜんめつ》する危険性もある。

今、戦っているパーティーに早急《さっきゅう》な助力が必要であることは明白だった。

「援護する！」

突然響いた俺の声に護衛たちは一瞬だけ戸惑《とまど》うが、俺の姿を見つけると「すまない！」と声を返してきた。それを聞いた俺は懐からナイフを一本取り出し、付与《ふよ》魔法を唱える。

「――追尾剣《ホーミングソード》」

次の瞬間、ポッとナイフに光が灯《とも》り、刃の部分に紋章《もんしょう》が浮かび上がる。

「行け！」

俺は追尾《ついび》の魔法をかけたナイフを空に向かって放り投げる。

「いったいどこへ向かって投げているんだ⁉」

俺がナイフを投げる瞬間を見ていた護衛の一人がそう叫ぶが、ナイフは上空で一旦停止し、クルリと刃の先を狼に向けて急加速した。

「ギャウ！」

加速したナイフは、方向転換《ほうこうてんかん》しようと動きを止めた狼の眉間《みけん》に深々と突き刺さり、狼は何が起きたかも分からぬまま絶命《ぜつめい》したのだった。

襲ってきた獣は一匹だけだったようで、仲間の気配は感じられなかった。

「よう。大丈夫だったか？」

俺が護衛たちのもとへ歩み寄ると、護衛のリーダーらしき青年が一歩前に出て礼を言う。

「協力、感謝する。魔物化しているとはいえ、しょせんは狼と侮ってしまい無様な姿を晒してしまったようだ。ああ、俺はこの馬車の護衛隊長をしているグラムだ。しかし、魔物化した狼がこんなに手強《てごわ》い存在だとは思わなかった。本当に助かったよ」

グラムは体についた泥《どろ》を払いながら苦笑いをする。

「魔物化した獣は総じて攻撃力が大幅に増加するから気をつけないとな。まあ、俺も街道にこんな奴が出てくるとは思わなかったが」

俺は狼の死体からナイフを回収しながらそう言って先を進もうとしたが、停めてあった馬車から呼び止める声がかかる。

「お待ちください」

声の方に目をやると、馬車から若い女性が降りてくるのが見えた。

「この度は危ないところを助けて頂《いただ》き、本当にありがとうございました。私はキロトンでお店を経営しているミリバル商会《しょうかい》の娘でエルザと申します」

いかにもお嬢様然《じょうさまぜん》とした雰囲気《ふんいき》を持つ、背中まである淡《あわ》いブロンドのロングストレートの髪が印《いん》象的《しょうてき》な女性である。

「俺は冒険者のアルフ。今は気ままな旅をしている途中だ」

相手に自己紹介をされてはこちらも返事をしないわけにもいかなかったが、本名を名乗ると後々面倒に巻き込まれかねない気がしたので、愛称《あいしょう》のアルフと口にした形だ。

「アルフ様ですね。もし、この先の予定がお決まりでなければ私どもの馬車に同行して頂けませんか？　キロトンにてこの度のお礼をさせて頂けないでしょうか？」

エルザはそう言って俺に頭を下げる。

「俺もキロトンへ向かう途中だから、迷惑《めいわく》でなければ同行するのは構わないが……」

俺はそう言ってグラムたちの方を見る。

「依頼主である彼女がそう言うのならば俺たちに異論《いろん》はない。それに今回の件で助けられたのは俺たちだから、キロトンに着いたら俺からも礼をさせて欲しい」

グラムがそう答えると周りにいた他の護衛たちも一斉《いっせい》に頷《うなず》いたので、「分かった。そういうことなら同行させてもらうよ」と言って馬車に乗せてもらうことになった。

「最近は獣の出現率が下がっていると王都で聞いていたが、今回は運が悪かったな」

御者台《ぎょしゃだい》に乗せてもらった俺は馬車に揺られつつ、護衛として馬車の隣を歩くグラムに話しかける。

「まったくだ。今日は王都の学院《がくいん》に通われているエルザお嬢様が、長期の休暇《きゅうか》に入られたのでご実家へ帰省《きせい》する途中だったんだが、まさか魔物に遭遇《そうぐう》するとは思わなかったよ」

「そうだな。しかし、王都の学院といえばパスカウル学院か……彼女、優秀なんだな」

ふと王都の学院について思い出した俺はそう呟いたが、どうやらグラムには聞こえていたようで自慢げに話しだした。

「エルザお嬢様は魔法の勉強をされるために学院に通っているんだ。将来は立派な魔道士となられるだろう」

「なるほど、魔法の勉強中だったのか。まだ実践《じっせん》レベルではないようだが、あの学院に通えるというだけでかなり素質《そしつ》があるのだろう。いい魔道士になれるといいな」

ふと、グラムの腕に新しい大きな傷があるのに気づく。

「ちょっと馬車を止めてくれないか？」

「どうかしましたか？」

不思議そうな顔をしながらも馬車を止めてくれた御者に礼を言ってから、俺は御者台から飛び降りてグラムの前に立つと、グイと彼の腕を掴んだ。

「これは、さっきの戦いでやられたのか？」

「ん？　ああ、そうだな。油断しちまったよ」

「そうか。腕をかしてみろ、治してやるよ。初級回復魔法《ヒール》」

俺の手のひらが淡い緑の光を帯びる。手をかざすと、グラムの傷は癒《い》えていく。

「ほら、これでいいだろう。腕を怪我したまま敵と遭遇したら護衛の役目を十分に果たせないぞ」

俺はそう言ってグラムに向かって笑ってから、御者台へ戻る。

「お、おう。すまねぇ」

傷の癒えた腕をぶんぶんと振り回して感覚を確かめながら、グラムは礼を言ってくる。

「しかし、初級回復魔法《ヒール》が使えるとは羨《うらや》ましい限りだな。俺たちの中には使える仲間がいないから回復薬《かいふくやく》に頼るしかないんだよ。だが下級の回復薬でも高いからそう何本も準備出来ないし、結局、軽い怪我だったらそのまま自然に治るのを待つしかないんだ」

グラムの言う通り、レベルを問わず回復魔法が使える者はそう多くない。それで大抵《たいてい》は回復薬を使って怪我を治すのだが、回復薬を作れる調薬師《ちょうやくし》も希少《きしょう》で満足な量を確保《かくほ》出来ないために、どうしても値段が高くなってしまうのだ。

「そうか。確かに回復薬は高いからな」

「だろ？　だが、出発前には危険な獣が出たという情報はなかったはずだが……。いや、そんな言い訳をしていては駄目だな。護衛隊長として反省している」

苦笑いを見せながら頭を掻くグラムだったが、情報が出回っていない強力な魔物と出くわしてしまったようなので、運が悪かったという他ない。だからといってそれで済む問題ではないが……。

「まあ、さっきも少し話したが、魔王が倒されたので、段々と魔物の出現頻度《しゅつげんひんど》は減るだろう。魔王が存在しなければ獣を魔物化させる負《ふ》の魔素の供給が減るから弱体化するだろうし、徐々《じょじょ》に新たに魔物化する獣の数も減っていくだろうよ」

「そんなに詳しい情報、よく知っているな」

グラムは俺の話に感心して何度も頷いた。

「そろそろ出発しても大丈夫でしょうか？」

御者の男性が俺に確認してきたので俺は慌てて詫《わ》びを入れる。

「ああ、すまない。もう出発しても大丈夫だ」

その時、馬車の窓《まど》からエルザの声が聞こえてきた。

「グラムに回復魔法をかけてくださりありがとうございます。アルフ様は魔法にもお詳しいのでしょうか？　そうであれば、道中こちらの馬車にて魔法についてお話を聞かせて頂けませんか？」

魔法学院へ行くくらいだ。初級回復魔法《ヒール》を使った俺にエルザが興味を持つのは当然かもしれない。

「それは構わないが、エルザさんが現在学院でどこまで教えられているかを知らないと話は出来ないな。おそらく学院でも勉強しているとは思うが、基礎を抜かして進めると事故に繋《つな》がるぞ」

魔法は、火・水・風・土・氷・雷・聖・光・闇の九種の属性と、初級・中級・上級・最上級の四つの難易度で区分されている。適性のない属性の魔法や高い難度の魔法を無理に使おうとすれば、暴発してしまうこともあるのだ。

「それは理解しているつもりです。今はアルフ様がどんな魔法を使えるのか話して頂けるだけで十分です。深い部分にまで踏《ふ》み込んでお聞きするつもりはありません」

「分かった。それでよければ引き受けよう」

話し合いの結果、俺は彼女の馬車に乗せてもらい魔法についての話をすることになった。

俺がエルザの馬車に移動すると、コトラも一緒に馬車へと飛び乗ってくる。

「あら、可愛《かわい》い猫さんですね。アルフ様の飼《か》い猫でしょうか？」

「ああ、使い獣魔のコトラだ。俺の大事な相棒だよ」

「コトラちゃんというのですか。可愛いですね」

エルザは俺の膝上に乗り欠伸をするコトラに興味を抱いたようだ。

「撫でてみるか？」

「いいのですか？　本来、使い獣魔は主人にしか懐《なつ》かないと聞いていますが？」

「その認識で間違いないが、こいつは大丈夫だ。俺が敵意《てきい》を持たない限りは、よほど無茶《むちゃ》なことをしなければ攻撃しないように躾《しつ》けてある」

俺が言うと同時にコトラは俺の膝の上からぴょんと飛んで、エルザの座る長椅子《ながいす》へと跳《と》び移る。

「コトラちゃん。撫でてもいいですか？」

「にゃん」

エルザがコトラにそう問いかけると、了承《りょうしょう》するかのようにコトラは長椅子の上で丸まる。

「うわぁ、ふわふわのもふもふですね」

やはり若い女性はこういった小動物が好きなのだろう。にこにこしながらコトラを撫でている。

「――そろそろいいか？」

たっぷり十分ほど撫でたところで俺はそう声をかける。するとエルザは恥ずかしそうに頬《ほお》を赤くして「今のことは忘れてください」と言ってから咳払《せきばら》いをし、真顔に戻った。

「――そうだな、初級の水球《ウォーターボール》ならどうだ？」

俺はそう言って直径三十センチ程度の水球《ウォーターボール》を彼女の目の前に作り出す。

「ちょっと待ってください。そんなレベルの魔力制御《せいぎょ》はまだ無理です。私に作れるのはもっと小さな水球《ウォーターボール》ですわ」

「そうか、それは悪かった。ならば出来るだけ大きく水の球を作ってくれ」

「分かりました。では……。水球《ウォーターボール》」

エルザは深呼吸すると右手のひらの上に拳大ほどの水球《ウォーターボール》を作り上げたのだった。

「大きさはもう一歩だが、制御はしっかりと出来ているな。水球《ウォーターボール》は簡単なように見えて、球の形を維持《いじ》する必要がある分難易度が高いから、魔力制御の訓練に最適なんだ。例えばこんな風に……」

俺はそう言って、同じく拳大ほどの水球《ウォーターボール》を目の前に作りだした。ただし十個同時にであるが。

「な、何ですかその数は！　そんな数の水球《ウォーターボール》を出すことなんて学院の先生方でも出来ませんよ」

驚くエルザに、俺は出していた水球《ウォーターボール》を一つだけ残して他は消滅させる。そして残った一つを彼女の左の手のひらの上に乗せた。

「え、え、え？」

「ほら、右手だけでなく左手にも集中してみろ」

俺はエルザの左手にそっと手を添えると、少しだけ魔力を流し込む。

「温かい魔力ですね。やってみます」

エルザはそう言って、両手それぞれの水球《ウォーターボール》の制御に集中するのだった。


「ここまでだな。この魔力制御は今後必ず役に立つから続けるといい」

「はい。ありがとうございました。とても疲れましたが、素晴《すば》らしく充実《じゅうじつ》した時間でした」

それからいくつかの魔法について話をしているうちに、休憩《きゅうけい》のため馬車が止まり、訓練は終了となった。俺はまた御者台へと戻ろうと一度馬車から降りる。

「よう、お疲れだったな。しかしアンタ、凄いな。エルザお嬢様と魔法について意見を交わすだけでなく、講義《こうぎ》までしちまうなんてな」

「いや、たまたま知っていることが役に立っただけだ。それにしても、あの若さであれだけ才能があるんだ、将来が楽しみだな」

俺は感心して、思わず笑みを浮かべる。

「そうだろ？　ミリバル商会の自慢のお嬢様だからな」

グラムは自分の娘を自慢するようにそう言った後で、ふと思い出したように俺に質問をしてきた。

「ところでアルフは各地を旅していると言っていたよな。なんで一つの町に留《とど》まらないんだ？　その方が稼ぎも安定するだろうに」

「ははは。実は少しだけ大きな仕事が終わったばかりでな。暫く各地を巡りながら美味《うま》い地酒を一杯《いっぱい》と思って旅をしてるんだよ」

　俺がそう答えると、グラムは笑みを浮かべながら話を続ける。

「それは羨ましい話だな。俺も独り身《ひとりみ》だったら一緒についていったかもしれないが、今の俺には大切な人――妻がいるからな。安定した仕事がもらえる商会の専属護衛が一番合っているんだよ」

「ほう。そういった人がいるのは正直羨ましい限りだな」

「ん？　アルフにはいないのか？」

「ああ。恋人はいない……が、大切な人と言えば、子供の頃に世話になった孤児院《こじいん》のシスターが、王都からキロトンへ異動《いどう》になったとギルドで小耳にはさんだな。会ってお礼を言えるといいが……」

『孤児院』という俺の言葉に反応したグラムが、自身のことを話し始める。

「なんだ、アルフも孤児院出身か。実は俺もなんだよ。まあ、俺は王都じゃなくてキロトンの孤児院の出だがな。ところでその孤児院のシスターの名前は分かるか？」

「ああ、アメリアだ」

「アメリアさんか！　二年くらい前に来た今の管理人だな。俺もこうして稼げるようになってからは時々だが食料なんかを寄付《きふ》しに行っているから、面識《めんしき》はあるぜ」

「そうなのか。昔のお礼を兼《か》ねて寄付に行きたいから、その時は一緒に行ってくれないか？」

「そんなことならお安い御用《ごよう》だ。この依頼が終わったら行ってみようぜ」

「ああ、よろしく頼む」

俺は意外なところから昔の恩人《おんじん》の情報を得て懐かしく思った。そして同時に、一緒に育った別の幼馴染《おさななじみ》たちにも思いを馳《は》せたのだった。

「――そういえばグラムはいま何歳《いくつ》なんだ？」

「ん？　いきなりの質問だな。そうだな、このあいだ二十歳になったばかりだ」

いきなり年齢の話をしたのは、見た目の印象から俺と変わらないくらいだと思ったからだが、思わぬ答えが返ってきた。

「そ、そうか。思ったよりもずっと若かったんだな」

「おっ？　それは俺の見た目が若くないって言っているのか？　まあ、自分でも自覚しているし彼女にもよく言われてるよ。ただ、この若さで老《ふ》けて見える奴は歳をとっても変化がなくて、逆に若く見えるというからな、悲観《ひかん》はしてないぜ。そういうアルフはどうなんだ？　それこそ俺と変わらないように見えるが」

「俺か？　俺もグラムみたいに若くしてこの顔ならばよかったんだがな。残念ながら二十八歳だ。まあ、年相応《としそうおう》と思ってくれたらいい」

「に、にじゅうはち？　俺より少し若く見えるからてっきり同じくらいと思ったが……。なるほど、俺に年齢を聞いてくるはずだ」

俺の歳を聞いても態度《たいど》が変わらないグラムに冒険者らしさを感じて、俺は思わず笑いながら言う。

「ははは。まあ、少し老けて見えるアンタと少し若く見える俺。どっちがいいのかは分からんが、冒険者は年齢にかかわらず対等だからな。そのままでいてくれると助かるよ」

「分かった、そうさせてもらうよ」

グラムはそう言いながら、俺につられて笑うのだった。


「おっ、そろそろキロトンの町が見えてくるぞ」

グラムが目印《めじるし》にしているらしい大きな樹木《じゅもく》を指差しながら、そう告げる。

馬車はゆっくりと坂道を登っているところだった。

キロトンの町は王都から近いこともあり王国の町の中で二番目に栄えている。北側に高くそびえるのは、ガイコウザンと名付けられた火山。山の中腹にはゴツゴツとした岩が多く転がっており、その裾野《すその》では所々から熱い湯が噴出《ふんしゅつ》している。あまり近づくと硫黄《いおう》のつんとした臭《にお》いが鼻につくので、地元の者はあまり立ち入らないらしい。

だが、ガイコウザンから湧く温泉は有名で、キロトンは国内でも有数の観光地《かんこうち》としての地位を確立していた。

「キロトンといえばやはり温泉だな。観光客が多いから商業も発展しているが、中には相場《そうば》を知らない客を食い物にする商人もいるから気をつけるといい」

グラムが横を歩きながら、そうキロトンの解説をしてくれる。

「温泉か。是非《ぜひ》とも行ってみたいと思っていたんだ」

そんな時、御者の男性の声が聞こえた。

「町の外壁《がいへき》が見えてきましたので、準備をお願いします」

「準備？」

御者の男性の言葉に俺が聞き返すと、代わりにグラムが説明をしてくれる。

「外壁を通る際に見せる通行証《つうこうしょう》のことだよ。今回はエルザお嬢様が持っているはずだ」

「なるほど」

俺がグラムの説明に納得していると、馬車の窓から顔を出したエルザが話しかけてくる。

「アルフ様はキロトンには初めて来られたのですか？」

「初めてというわけじゃないが、昔のことだからあまり覚えていないんだ」

「そうでしたか。では、少々解説を……。あの深い赤茶色《あかちゃいろ》をした外壁には火山岩《かざんがん》が使われていて、ガイコウザンのお膝元《ひざもと》と言われるキロトンの顔になっているのです。真っ白な王都の外壁も素敵《すてき》ですが、私はこっちの方が好きですわ」

エルザが笑顔でそう話すのを見て、自然と俺の視線はキロトンの外壁に行く。

「そういえば、以前来た時はゆっくりと街を散策《さんさく》しなかった気がするな」

「でしたら、今回はゆっくりと散策をされてはどうですか？」

エルザはそびえる山々に目を向けながらそう言った。

「ああ、ありがとう。是非ともそうさせてもらうよ」

「あ、そうでした。私の商会は父が行っている農産物《のうさんぶつ》の販売取引《はんばいとりひき》が主軸《しゅじく》ではありますが、母が宿の経営もしているのです。よければ今日は母の宿に泊まっていってください」

「それはありがたい。それに農産物にも興味があるな。直接買えるなら幾《いく》つか欲しい品物があるから聞いてみてもらえると助かる」

俺の言葉にエルザは表情をぱっと明るくして聞いてくる。

「よろしいですよ。今回の件を話せば快《こころよ》く引き受けてくれると思いますので、私からお願いしてみますね。ところでどんな物が欲しいのですか？」

「小麦と米が欲しいな。それと塩などの調味料《ちょうみりょう》があればさらにいい」

「あら、もっと珍しい品でなくてもいいのでしょうか？　小麦や米なら、父にわざわざ言わなくても普通に市場《いちば》で買えますよ」

「ははは。それはそうなんだが、市場に出ている品物ってあまり品質がよくない物があるだろ？　大手《おおて》の商会から直接買った方がいい商品に出会えるかと思ってな」

「ああ、なるほど。確かに王都の市場の一部では品質のよくない物も平気で売っているお店もありますからね。分かりました、父に相談しておきますね」

エルザはそう話すとにこりと微笑《ほほえ》んだ。

「――そろそろキロトンに到着しますが、先にギルドに寄られますか？　それとも商会へと向かいましょうか？」

馬車の御者からそう声がかかると、エルザは「先に商会に向かってください」と指示を出す。

「アルフ様。まずお父様たちに紹介をさせてください。その時に今回のお礼もさせて頂くことになると思います」

続けてエルザは俺にそう告げた。

「俺としてはキロトンまで馬車に乗せてもらっただけで、十分報酬をもらったようなものだがな」

エルザの言葉を聞いて、俺はそう小さくこぼす。

「欲のない奴だな。だがお礼はちゃんともらっておきな。恩の押し売りは駄目だが、相手からの感謝は素直《すなお》に受け取るのも大事じゃないか？」

年下のグラムに諭《さと》されてしまう俺だった。

3

「――止まれ。通行許可証があれば提示《ていじ》をするように」

外壁門では門兵が町に出入りする人や馬車に対して、通行証の確認をしていた。

「ミリバル商会の馬車です。通行許可証はこちらになりますので、確認をお願いします」

御者の男性がエルザから渡された許可証を出して、門兵に提示する。

「ミリバル商会か、今日は農産物の運搬《うんぱん》ではないのだな」

「はい。今日は王都に住まれていたエルザお嬢様を迎えにいっており、護衛と共に王都から戻ったところです」

「そうか。道中で何かトラブルはなかったか？　盗賊《とうぞく》などの情報があればすぐに報告をするようにしてくれ」

「はい。実は道中で黒い狼と遭遇しました。たまたま出会った冒険者の方の協力もあって大事には至《いた》りませんでしたが、後ほど冒険者ギルドには報告をするつもりです」

「黒い狼だと？　それはまさか、魔物化した狼じゃないのか？　そうだとしたら緊急性《きんきゅうせい》の高い重大な脅威ではないか！」

「ええ。ですが現れた狼は一匹でしたし、既に討伐されていますので大丈夫かと。そのあたりも冒険者ギルドへ報告しておくつもりです」

「そうか、分かった。何にしても無事でよかった。では報告についてはしっかりと頼むぞ」

門兵は御者の男性にそう念押しをしてから馬車を通してくれた。

門を抜け、馬車は町の大通りをゆっくりと進んでいく。

「そういえば、通行料は払わなくてよかったのか？」

俺はそう御者の男性に問いかけた。

「この馬車の通行料は、ミリバル商会が後日まとめて納《おさ》めるという契約が結ばれていますので、あの場で支払わなくてもいいんですよ。アルフ様には護衛をお願いしておりますので払わなくとも大丈夫ですよ」

御者の男性は前を向いたまま俺の質問に答えてくれる。

「当然のことですから、お気になさらず」

話を聞いていたエルザもそう言って頷いた。

「悪いな」

俺がエルザにお礼を言った時、馬車が大きな建物の前で停車《ていしゃ》した。

「お嬢様、お店に到着致しました」

御者の男性がそう告げて先に御者台から降り、馬車のドアを開ける。彼女はゆっくりと馬車から降りてくる。

「お帰りなさいませ、エルザお嬢様」

馬車から降りてきたエルザに、店の従業員たちは一斉にお辞儀《じぎ》をして彼女を出迎えた。

その光景を見て、エルザが大手商会のお嬢様なのだと再認識させられる。

「ありがとう。お父様はどちらにいらっしゃいますか？」

「旦那様《だんなさま》なら書斎《しょさい》にて仕事をしておられます。声をかけに行っておりますので、すぐにいらっしゃると思います」

「分かりました。では、こちらの方を応接室へお通ししてもらっていいですか？」

「こちらの方は？」

「アルフ様といいます。王都からの道中で助けて頂いた恩人ですので失礼のないようにお願いします」

エルザは傍《そば》にいた従業員にそう伝えると「では、後ほど」と言って店に入っていった。

「それでは、こちらへお願いします」

エルザから指示を受けた従業員の女性が、お辞儀をしてから俺を応接室へと案内する。

「大きなお店ですね」

「ミリバル商会はこの町で有数の商会であり、取り扱い品目が増えていくにつれ、店舗《てんぽ》も自《おの》ずと大きくなっていったと聞いております」

長い廊下《ろうか》を歩きながら、その後も案内の女性は俺の質問に淡々《たんたん》と答えてくれた。

「こちらのお部屋になります。すぐにお飲み物の準備を致しますので、おかけになってお待ちくださいね」

女性はそう告げると、部屋の奥にある小部屋に入っていった。給湯室《きゅうとうしつ》なのだろう。

部屋の中には簡素《かんそ》ながらも素材《そざい》のよさを感じさせるテーブルやソファが置かれ、俺には価値は分からないが、額縁《がくぶち》のついた絵画が飾《かざ》られている。客人をもてなす部屋というよりも商人同士で商談をする部屋なのかもしれない。

そんなことを考えていると「失礼します」と先ほどの女性が飲み物を持って部屋に入ってくる。

「香茶《こうちゃ》になります。旦那様とお嬢様は後ほど参りますので、少しばかりお待ちください」

女性はそう告げてまた奥の小部屋へと入っていく。

「香茶か……。たしか香りを楽しむお茶で、貴族や豪商《ごうしょう》が好む飲み物だと聞いたことがあるな。魔王討伐の旅に長く出ていた俺には縁《えん》のない物だと思っていたが、まさかこんなところで飲むことになるとはな」

庶民《しょみん》が飲む物といえば基本的には水で、それ以外では安酒《やすざけ》のエールくらいであり、食堂で頼む酒の他に味のついた飲み物といえばせいぜい果実水《かじつすい》くらいだった。

「うん。これはいい香りだ。さすが香茶と呼ばれるだけあるな」

俺は初めて嗅《か》ぐ香茶の香りに驚きつつ一口飲むと、ほんのりとした甘みが感じられた。

「それはハーブをベースに香りつけをしたものに、甘味料《かんみりょう》のハチミツを絶妙《ぜつみょう》な分量混《ま》ぜ込んだ特注品だ。爽《さわ》やかな香りとほんのりした甘さが、貴族の御婦人方《ごふじんがた》から支持されている」

俺が香茶を味わっていると、いつの間にか部屋に入ってきていた壮年《そうねん》の男性がそう説明をしてくれた。

「ミリバル商会の主《あるじ》をしているヘスカルだ。この度は娘が大変お世話になったと聞いた。馬車と護衛、そして何より娘の命を助けてくれたこと、心より感謝する」

ヘスカルは、初めて会った素性《すじょう》のしれない俺に対して丁寧に頭を下げてお礼を言う。

「いや、こっちこそ馬車に乗せてくれて助かった。さすがに徒歩で移動するには骨が折れる距離だったからな」

俺はヘスカルに感謝の意を伝える。

「エルザ、入りなさい」

ヘスカルは俺の言葉に一つ頷いて答えてから、部屋の外に待機していたエルザを呼び、自分の横に座らせた。

「話は娘から聞いたが、いくつか質問をしてもいいかな？」

「ああ」

「では、お言葉に甘えて聞かせてもらうよ。君は王都から来たのだと聞いたが、冒険者をしているのだろう？　ならば、ランクを教えてもらえるだろうか？」

「冒険者ギルドのランクならば、今はDランクだな」

「何？　Dランクだと？　道中に出たのは魔物化した狼だったと聞いたが、とてもDランクの冒険者が単独《たんどく》で倒せるものではないはずだが？」

ヘスカルは日頃から護衛を雇《やと》っているはずなので、冒険者の腕とランクの相関をある程度は把握《はあく》しているのだろう。それ故、驚きを隠《かく》せなかったようだ。

「まあ、Dランクといっても暫く旅に出ていて、昇級《しょうきゅう》試験《しけん》を受ける機会がなかったからな。Dランク程度じゃあ単独では護衛依頼なんかは受けられないだろうし、近いうちに昇級試験を受けてみようとは考えてるよ」

「そうか。それなら私が推薦状《すいせんじょう》を書いてあげよう。それを持っていけば待たされることはないはずだ。実戦形式《じっせんけいしき》の昇級試験ではあるが、魔物化した狼を倒せる実力があるならば、問題なく合格出来るだろう」

ヘスカルはそう話すと従業員に紙とペンを持ってこさせ、その場でスラスラと推薦状を書いてくれた。

「それと、これは娘の護衛代金だ。もっとも護衛代金とは名ばかりで娘を助けてくれたお礼だな。そう多くはないが、受け取って欲しい」

ヘスカルはそう言って貨幣《かへい》の入った袋をテーブルの上に置くと、俺の方へ押し出す。

「護衛のお礼にしてはかなり多いような気がするが？」

「たかが金貨二十枚だ。娘の命に比べたらタダみたいなものだが、他の護衛との兼《か》ね合いもあるのでそれで了承《りょうしょう》してくれると助かる。それと今日は妻が経営している宿に泊まっていくといいだろう。この後で娘に案内をさせるので、ゆっくり休むといい」

ヘスカルはそう言うと、隣に座っているエルザに「後は頼む」と伝えてから書斎へと戻っていった。

「では宿に案内しますね」

ヘスカルが部屋を出た後、エルザは俺を宿へと案内するためにソファから立ち上がった。

案内された宿は商会のちょうど裏手《うらて》にあり、本来ならば表からぐるりと回り道をして行くそうなのだが、今回は関係者専用の直通の廊下から入らせてもらえるんだそう。

「この宿はキロトンでは高級宿として豪商や貴族様、上位冒険者の御用達《ごようたし》になっているくらい知名《ちめい》度《ど》があるのですよ。特に温泉が有名ですわ」

エルザは自慢げな表情でそう教えてくれる。

「それは楽しみだな」

勇者をやっていた時はとにかく時間との戦いで、支給される金もそう多くなかった。高級宿でゆっくり温泉に、なんて夢のまた夢だったので、自ずと期待をしてしまう。

宿に入ると、受付の若い女性がエルザを見てお辞儀をしてくる。

「お帰りなさいませ、エルザお嬢様。奥様がお部屋でお待ちになっていますので、お客様とご一緒に向かわれてください」

「ありがとう、セチ。すぐに行ってみるわね」

エルザはそう言って、こちらをちらりと見てから俺の前を歩いて案内をしてくれた。

「お母様、エルザです」

重厚《じゅうこう》そうな扉の前に辿り着くと、エルザがドアをノックして部屋の中に声をかける。

「お入りなさい」

中から声がかかり、エルザがドアを開けて先に部屋へと入る。

続けて俺も部屋の中へ入ると、美しい女性が机の上の書類《しょるい》の整理を行っていた。

「お母様、お客様をお連れしましたわ」

「ええ、ありがとう。話はヘスカルから聞いているわ。私はエルザの母親で、マーレと申します。アルフさんだったかしら、娘を助けてくれたそうで、本当にありがとうございます」

マーレは仕事の手を止めて椅子から立ち上がり、お辞儀をしながらお礼を言う。

「なに、たまたま通りかかったので助太刀《すけだち》をさせてもらっただけだ。護衛の者と協力しなければ討伐することは出来なかっただろう」

俺はグラムたち護衛の功績を横取りしないように配慮《はいりょ》しながら説明をする。彼らが命を張ってエルザを守ろうとしていたのは確かなのだから。

「あら、少々報告を受けた内容と違うようですね。娘や護衛隊長からは、護衛の者だけでは到底討伐しきれない危険な状態だったと報告を受けていますよ」

「何のことだか分からないな」

「ふふふ。これ以上聞くのは野暮というものでしょうか。ともかく、お疲れでしょうから好きなだけこの宿に泊まっていってくださいね」

マーレは微笑みながら宿泊を勧《すす》めてくれた。

「すまない。では、お言葉に甘えてキロトンに滞在《たいざい》する数日間は世話になるよ」

俺はマーレ夫人にお礼を言って頭を下げた。

「――では、本日はこちらの三階の角部屋《かどべや》をお使いください。お食事は部屋にお持ちします。温泉は一階の受付横から奥に入ったところにありますが、受付に声をかけてからのご利用をお願いしますね」

マーレ夫人から指示を受けたセチが部屋へと案内をしながら説明してくれる。

「ありがとう。食事の前にさっそく温泉に入らせてもらうよ」

部屋の場所を確認した俺は、そのままセチに案内をしてもらいながら温泉へと向かう。

「アルフ様は温泉に入られるのは初めてですか？」

「そうだな。温泉宿の本格的《ほんかくてき》な温泉に入るのは初めてだな」

「え？　本格的でない温泉があるのですか？」

「ははは。まあ、あれを温泉と言っていいか分からないが、火山地帯には湧き水が温泉になっている場所が所々にある。そういったところには休める場所なんて他になくてな。入って疲れをとることもあったわけだ」

「なるほど。自然の温泉なのですね。景色がよくて気持ちよさそうです」

「まあ、そうなんだが、気をつけないと猿《さる》が服を持って逃げようとするんだ。案外、気は抜けなかったよ」

「そ、それは困りますね。でもアルフ様は多くの地域に行かれているのですね。私はこの町で生まれてこの歳まで外へ出たことがないので羨ましいです」

「いやいや、定職《ていしょく》についてないフリーの冒険者なんて皆そんなものだと思うぞ。それに君みたいに若い頃からしっかりと働いているのは凄いと思う」

「そう言ってもらえると嬉しいです。あ、ここから奥が男性用の大浴場《だいよくじょう》になりますので、私はここで失礼しますね。上がられたら受付に食事をとりたい旨《むね》を伝えてください。お部屋にお食事をお持ちしますので……ごゆっくりどうぞ」

セチはそう言うとお辞儀をしてから受付の方へと戻っていった。

「従業員がよく教育されている宿だな。キロトンでも有数の高級宿だと聞いていたが、そのあたりも支持される所以《ゆえん》なんだろうな」

俺はおしとやかに歩くセチの背中を見送ってから、男性用の大浴場へと足を踏み入れた。

入口で男性用と書かれた看板《かんばん》を確認してから中へ。脱衣所《だついじょ》で服を脱いだ俺は、湯気《ゆげ》の立ち込める浴室《よくしつ》に入った。

カラカラ。このあたりでは珍しい横引き戸を開けると、目の前にはもうもうと湯気が立ち込める温泉の湯船《ゆぶね》が広がっていた。

「おお！　凄い施設《しせつ》だな。熱気が凄くて既に体が温かくなってきたぞ」

俺があたりを見回すと、湯気が立ち込める浴槽《よくそう》と水が溜《た》めてある浴槽があり、その間にはまだお湯の張《は》っていない大きめの空《から》の浴槽があるのが目に入る。

利用者が少ない時間帯だから大きい浴槽はお湯を張っていないのだろうか。まあ、小さい方の浴槽でも十分広いから別に気にならないが。

そう思いながら、フツフツと沸《わ》いている湯船の傍に行き、桶《おけ》を使って身体にお湯をかけてみる。

「うおっ？　思ったよりも熱めの湯加減《ゆかげん》だな。だが、火山風呂ほどではないから耐《た》えられないことはないか……」

熱い湯をざぶりと頭からかぶると、湯船に入り、ゆっくりと湯に身体を沈《しず》めていく。

「かぁっ！　なかなかに身体に染《し》み渡《わた》る熱さだ。この温泉の泊まり客はかなり我慢強い奴らばかりなのか？」

百度近くあるのではないかと思える温度に、数分もするとさすがにゆでダコになりそうだと思い、湯船から上がる。そして隣の冷水を桶ですくって頭からかぶった。

「ああ、冷たくて気持ちがいいな。体を冷水で冷ましてからもう一度熱い湯船に入るといいのかもしれない」

俺がそんなことを呟いていると、カラカラと入り口の扉が開く音がして筋肉《きんにく》ムキムキの男たちが入ってくるのが見えた。このあたりの冒険者たちだろうか？

俺は彼らがあの熱い温泉にどのくらい耐えられるのか興味が湧く。ちらちらと観察していたが、その男たちはこちらの熱い温泉には入らずに、浴槽の傍にある謎《なぞ》の金具《かなぐ》を動かし始める。

ガコン、ザザーと何かの仕掛《しか》けが作動する音がすると、熱い湯の入った浴槽から湯が水路を通っていき、空だった浴槽へと流れ込んでいった。

なんだ？　あの空の浴槽へはこちらの浴槽からお湯を流すような仕掛けがあったのか？

その後も黙って眺《なが》めていると、男たちはもう一つの冷水の入った浴槽に取り付けられた金具を操作して、今度は冷水を大浴槽へと流し入れていく。

「ああ、そんなことをしたらせっかくの熱いお湯が冷めてしまうだろ？」

俺は彼らの行動を疑問《ぎもん》に思っていたので、思わずそう声をかけてしまう。

「ん？　初めて見る顔だな。この宿は初めてか？　ここの温泉は少しばかり特殊《とくしゅ》でな、客が自分たちで湯加減を調節《ちょうせつ》出来るのが特徴《とくちょう》なんだ。だから、客の中でも一番風呂の奴がコイツを操作して自分好みの湯加減にするんだが、初めて入ったのならば分からなくても仕方ないな。だが、そこの湯船のお湯は源泉《げんせん》だから熱くて入れたものではなかっただろう？」

目の前で装置を操作しながら、冒険者風の男が俺にそう教えてくれる。

「ああ、それでかなり熱めの温度だったんだな。さすがに熱すぎて数分ほどで断念《だんねん》したところだったぞ」

「なんだって？　この源泉にそのまま入ったのか？」

「ああ、だからこの宿の泊まり客は熱い湯が好きなんだと思っていたところだ」

「かぁ、マジかよ。この源泉の湯船に直接入れる奴なんて見たことないぞ」

男性は呆《あき》れた顔で俺を見て笑う。そうしているうちに大浴槽のお湯がちょうどいい湯加減となったようで、待っていた皆が身体に湯をかけてからゆっくりと入り、肩までとっぷりと浸《つ》かった。

「ふう。いいお湯だ」

男がそう言って満足そうな表情でこちらを見て声をかけてくる。

「あんたも入ったらどうだ？　源泉の湯船と比べたら熱くはないが、なかなかにいい湯だぜ」

「そうか、ならば遠慮《えんりょ》なく入らせてもらおうか」

俺はそう言って男の隣に入り、ゆっくりと肩まで浸かった。

「おお、確かになかなかいい温度だ。先ほどのようなピリピリするような感覚はないが、じっくりと入るにはこのくらいがいいのかもしれないな」

俺が満足そうな顔をすると隣の男が興味深そうに話しかけてきた。

「この風呂のことを知らないところを見ると、あんたはこのあたりの者じゃないよな？　どこから来たか聞いてもいいか？　おっと、すまねぇ。俺はこの町のギルドに所属《しょぞく》している冒険者でコネンという」

コネンと名乗る冒険者に俺は答える。

「俺は各地を旅している冒険者のアルフだ。今日、王都からこの町に来たばかりだが、野暮用を済ませたら次は隣国にでも行ってみようかと思っている」

俺の言葉にコネンは興味を持ったらしく、次々と質問を投げかけてくる。

「野暮用か。どんなものか聞いてもいいか？」

「いや、昔の知り合いがこの町に住んでいると聞いて、会おうと思ってな」

「昔の知り合いに会いにいく……か。女か？」

「何を考えているか知らないが、孤児院のシスターだぞ。しかも俺が世話になった子供の時に、既に三十は超えていたからな。元気でやっているといいが」

「なんだよ、おもしれえ話になると思ったのによ！」

「それは残念だったな。そう言うからにはお前には面白い話があるのか？」

「俺か？　そうだな。いい女は知っている」

「おっ！　なかなかノリがいいじゃねぇか。それで？　どんな女だ？」

正直、女の話にそれほど興味があるわけではなかったが、このノリのいいコネンという冒険者に興味が湧いて話を合わせることにしたのだ。

「その女はな……」

「ああ」

「最強の女だ」

「はあ？　最高の女じゃなくて最強の女？」

「ああ、あの凛《りん》とした勇姿《ゆうし》を見たら、その辺の女は視界に入らなくなるだろうよ」

「それは少し興味があるな。是非とも見てみたいが、どこにいるんだ？」

「それは……教えてやらねぇ」

「ちっ、なんだよ。それは」

「ははは。まあ、そう言うな。誰にだって人に言いたくないことの一つや二つあるだろ？」

コネンはそう言ってにやりと笑うと、話を切り上げて別の話題に変えた。

「しかし、キロトンは俺たちみたいな冒険者にも住みよい町だから、暫く腰を落ち着けてみるのも悪くないと思うぞ」

「ほう、どんなところがだ？」

「思ったよりも依頼の報酬がいい。冒険者ギルドのマスターが冒険者上がりなおかげで、俺たちみたいな冒険者に対して嫌味《いやみ》な態度を見せることがないんだよ。貴族がコネでギルマスになることも多いから、こういう例は珍しいんだぜ。それに住人たちの目も温かい。たまにはこんな高級宿の温泉にだって入れるわけだしよ。国によっては冒険者なんて危険で不安定なものは、まともな仕事につけない者がやる仕事だと決めつけられることもあるくらいだ。まあ、どこの国とは言わないが……」

「それは酷《ひど》い偏見《へんけん》だな。そんな国には行きたくねぇな」

「まあ、この周辺の国ではそこまでの話は聞かないから大丈夫なはずだ。ははははは」

俺はそう言って豪快《ごうかい》に笑うコネンと、久しぶりに楽しい話をしながら温泉を堪能《たんのう》することが出来たのだった。

「ふぅ。いい温泉だったぜ」

温泉をしっかりと堪能した俺は、宿の食堂で飲み物を注文していた。

「お待たせしました。お先にジョッキエールと突き出しになります。おかわりが必要な時は声をかけてくださいね」

店員は元気にそう言って、エールの入ったジョッキをテーブルにドンと置く。

勇者をやっていた時にはゆったり出来る時間などなく、食事中にエールなどとても飲めたものではなかったが、今はそんなことを気にせずに飲める。それが嬉しくて、他にも種類がたくさんある中で俺は、気づけばエールを頼んでしまっていた。思い切りぐいっとエールをあおる。

ああ、美味い。自由っていいものだな。だけどこのエール、もっと冷えていたらさらに美味いんだろうな……あ、そうか、自分で冷やせばいいのか。

俺はジョッキを他の人から見えないようにテーブルの下に隠す。その上で氷の魔法でエールが凍《こお》る寸前《すんぜん》まで温度を下げてから、ぐいっと一気に喉《のど》の奥へ流し込んだ。

「くー、これだよ。頭にキンキンくるのが最高だ！」

俺が満面の笑みを浮かべながらエールをあおっていると、後ろから声がかかる。

「お、アルフじゃないか。やっぱり温泉あがりはジョッキエールが最高だろう……ってお前のジョッキ、なんでそんなに水滴《すいてき》がついているんだ？」

声をかけてきたのは温泉で一緒になった冒険者のコネンだった。冷やしたことで結露したジョッキを見て不思議に思ったようだ。

「気のせいじゃないか？」

俺はとっさに苦しい言い訳を返すが、コネンがそれで納得してくれるわけはなく、「ちょっと貸してみろ」と有無《うむ》を言わせずに俺の飲みかけのジョッキを奪《うば》う。そして残りのエールをいきなりゴクゴクと飲み干《ほ》した。

「お、おい。いくらなんでも人の飲みかけを勝手に飲むのは非常識《ひじょうしき》じゃないか？」

俺がコネンに文句を言うと、彼はそれには答えずにいきなり俺の目の前の椅子にどかっと座って店員を呼び、ジョッキエールを追加で二つ注文した。

「お待たせしました。ジョッキエールをお二つですね」

コネンが注文をしてから数分ほどで店員がジョッキエールを持ってくると、コネンと俺の前に置いていく。

「勝手に飲んだ詫《わ》びだ。一杯奢《おご》ってやるから俺のも同じように冷やしてくれ」

なんとも勝手なことを言う奴だなと思いながらも、俺は仕方なく彼の前にあるジョッキをテーブルの下に隠しながら魔法を唱え、キンキンに冷やして彼に渡した。

コネンは勢いよくエールをあおった。

「くー、こいつだよ。なるほどな、エールは冷やすとこんなに美味くなるのか」

一応、コネンは周りに聞こえないような大きさの声で感想を言う。

「冷やしたエールを売る商売とか出来そうじゃねぇか?」

コネンが、俺を見ながらそう続けた。それに対して俺は首を横に振る。

「エールを冷やすだけの仕事をする奴なんていないと思うぞ。俺にしたって、自分のためだけに好きでやっていることだからな」

「確かにな。貴重《きちょう》な氷魔法をたかだかエールを冷やすのに使っていたら宝の持ち腐《ぐさ》れになるわな。そのためだけに店に雇われる魔道士もいないだろうし、そもそも報酬額が合わねぇだろうしな。あんたは簡単にやっていたが、かなり高度な技術が要《い》るんだろ?」

残りのエールを美味そうに流し込んだコネンは、近くの店員に追加のジョッキエールを頼むと、そう問いかけてくる。

「氷魔法に適性があれば出来るはずだ。ただ、細かい温度調整は魔力の消費量《しょうひりょう》が大きいから、魔力量が少ないとすぐに魔力切れを起こしてしまうだろうな」

「ま、そりゃそうだな。誰でも簡単に出来たら、世の中に魔道士がごろごろ存在することになるもんな。おっと追加のエールが来たようだ。すまないが、また頼むよ」

無駄話をしながらどんどんジョッキエールを追加しては、無遠慮《ぶえんりょ》にエールを冷やすよう頼んでくるコネン。俺はため息をついてみせながらも、内心悪くはない気分で自分のジョッキに残ったエールを口に運んだ。

「——ところでアルフの冒険者ランクはいくつなんだ?」

コネンが唐突《とうとつ》にそう尋ねてきた。隠す必要もないので正直に答えてやる。

「俺か？　今はDランクだが、暫く昇級試験を受けていなかったから、近々受けてみるつもりだ」

「そうか、上手くいくといいな。まあ、貴重な氷魔法を簡単に使えるところを見ると心配はいらない気もするが」

コネンはそう話しながら近くを通る店員につまみを注文する。

「コネンはこの町を拠点《きょてん》としている冒険者だったよな？　最近、仕事はどうだ？　依頼は十分にあるのか？」

俺は自分のこれからのことを考えてそう聞いてみる。

「ん？　そうだな、まあでかい町だから他の町に比べれば多いのかもしれないな。だがこの先はどうなるか分からない」

コネンは俺の質問に苦笑いをしながらそう答え、届いたばかりのつまみに手をのばす。

「やはり、魔王が倒されたからか？」

「ああ。勇者様が魔王を倒してくれたおかげで各地の魔物が減ってるからな。それに、いたとしても弱体化した魔物や少量の魔素に当てられて野生《やせい》の獣が少しばかり興奮状態《こうふんじょうたい》になっている程度で、上位の冒険者たちの実力に見合うほどの仕事はなくなっている」

魔物は魔王が生み出す魔素によって狂暴化した獣。そりゃ自ずと数も減るか。

「そうだよな。魔物がいなくなるということは、魔物狩りで報酬を得ていた冒険者の仕事がなくなることでもあるわけだ。しかし、そいつは困ったな」

俺は本気で心配するが、コネンは笑いながら首を横に振る。

「いや、そうでもないぞ。いくら魔物が減ったとしても街道に獣はまだ出るし、その代わりに盗賊が増えているようだからな。最近は国をまたいで商隊を襲う盗賊集団『闇夜《やみよ》の宴《うたげ》』とかいう奴らが勢力《せいりょく》を広げているらしいから、結局のところは旅や商隊には俺たちみたいに戦える護衛が必要なのさ。おっとエールがなくなったようだ、もう一杯だけ飲んでいくか」

コネンはそう言うとニヤリと笑って、エールの追加を注文したのだった。


「――ふう。久々にあんな美味い酒が飲めたぜ、ありがとな。その礼に今日のエールは俺が奢ってやるよ」

結局、あれから追加で何杯もエールを頼んだコネンは、自分が満足するまで飲むと俺の飲み代も一緒に払うと言ってテーブルに金貨を置いた。

「すまないな」

俺もコネンに付き合ってそれなりの量を飲んだが、エールを冷やした労賃《ろうちん》としてありがたく奢られることにした。

「ちょっと馴《な》れ馴れしいが、面白い奴だったな。コネンか、覚えておこう」

コネンが席を立った後。最後にジョッキの半分ほど残ったエールを一気にあおった俺は、満足した気持ちで部屋に戻ったのだった。

——コンコン。

「アルフ様。今よろしいでしょうか？」

部屋に帰り、ベッドに寝転がってギルドの昇級試験のことを考えていると、ドアをノックする音に続いて女性の声が聞こえてきた。

「何か用か？」

俺は宿の中であることもあり、それほど警戒《けいかい》せずにベッドから起き上がると、ドアを開けて声の主を確認する。

そこには従業員の女性が立っており、お辞儀をしてから用件を話してくる。

「すみません。エルザお嬢様からの伝言なのですが、お伝えしたいことがあるのでお部屋か食堂の個室かでお会いしたいそうなのですが……」

「エルザさんが？　そうだな、さすがに成人《せいじん》した——十八を超えた男が夜に一人で女性の部屋に行くのは不味《まず》いだろう。食堂で頼む」

「分かりました。では、先に個室に案内をさせてもらってもよろしいでしょうか？」

「ああ、いいぞ」

返事をした俺に女性は深くお辞儀をすると、一階の食堂の個室へと案内してくれた。

「すぐにお飲み物をお持ちしますので、こちらでお待ちください。エルザお嬢様もすぐに来られると思います」

女性はそう言うと、再びお辞儀をしてから部屋を出ていった。

「――お呼びだてして申し訳ありません」

ちょうど従業員が飲み物を運んできたタイミングでエルザが個室に入ってきた。

「それは構わない。俺に用事があると聞いたが？」

エルザは大手商会のお嬢様らしく高級感のある洋服《ようふく》を着ていて、実年齢よりも大人っぽく見えた。

「はい、私から正式なお礼をしていなかったと気がつきまして、こうして場を設《もう》けさせて頂きました。そのついでに一つ、ご相談が出来ればと思い……。まずは、魔物から助けてくださり、本当にありがとうございました」

エルザはそう言って頭を下げた。

「いや、俺の方こそ馬車に乗せてもらったおかげでこの町まで早く辿り着けたのだから、お互い様だ。しかも、君のお父さんから多額の謝礼金までもらった。むしろ悪いなとすら思っているくらいだよ」

俺はそう言うと彼女の言葉を待つ。

「やはり謙虚《けんきょ》な方ですね」

エルザは優しく微笑みながら言った。

「ところで、アルフ様はいつ頃から冒険者をされていたのでしょうか？」

エルザは続けてそう尋ねてきた。俺は元勇者であったことを明かして面倒ごとを起こしたくなかったので、嘘にならない言葉で誤魔化《ごまか》すことにする。

「十五歳の時に正式にギルドで試験を受けて、Eランク冒険者として活動を始めたのが最初だな。それから順調に依頼をこなしてDランクに昇級したんだが、その時に特殊な依頼を受けることになってな。それに予定外に時間がかかってしまったんだ。で、依頼が最近やっと終わって、こうしてゆっくりと旅をしていたってわけだ」

エルザは少し考えていたが、急に納得したように頷いてから口を開いた。

「なるほど、それでランクに見合わない腕前《うでまえ》だったのですね。Aランクと言われても疑わないとグラムが言っておりましたので、その理由が知りたかったのです」

「――まあ、今の俺にそれだけの力があるかは分からないが、昇級試験を受けてみればある程度はっきりするだろう」

俺はエルザにそう言うと、香茶を一口飲んでから彼女に向きなおり「他に何か用件はないのか？」と再度問いかけた。

「ええ、そうですね。そろそろ本題《ほんだい》に入らないといけませんね」

エルザはそう言って俺の目を真っ直ぐ見ながら話を始める。

「アルフ様は大きな依頼を済ませたばかりで、今はゆっくりとした生活を望《のぞ》んでいることは承知しました。その上でお願いしたいのですが、うちの商会に護衛として所属するつもりはありませんか？　あなたほどの腕前ならば安心して任せられると判断してのお誘いなのです。報酬は……このくらいは用意させて頂きますがどうでしょうか？」

エルザから提示された報酬額は、普通の所属護衛の報酬の倍はありそうな金額だった。

「ははは、俺のことをそこまで評価してくれるのはありがたいが、今は誰かに雇われるつもりがないから、悪いが断らせてもらうよ」

少しの迷いもなく断りを入れる俺に、エルザはため息をつきながらも話を続ける。

「やはり断られてしまいましたか。これでも商人として人を見る目は養《やしな》っているつもりなのですけど、その方を口説《くど》き落とす話術《わじゅつ》はまだまだ未熟《みじゅく》なようですね」

エルザはそう言って香茶を口に運んで微笑んだ。

「悪いな。ミリバル商会が気に入らないとかじゃなくて、ただ単に今は誰かに仕《つか》える気はないというだけだ。気を悪くしないでくれ」

「ええ、分かっております。ただ、せっかくの縁が途絶《とだ》えてしまうのが残念だと思っただけです」

エルザは手にした香茶に視線を落としながら、俺にそう伝えた。

「仕えることは出来ないが、こうして知り合いになれたからな。またどこかで会うことがあればその時は世話になるかもしれない」

「そうですね。そうあって欲しいと願います」

「さて、他に話がなければ俺は先に休ませてもらうぞ。明日は少し町に出てみたいんでね」

断ったことで少々気まずい雰囲気になってしまったので、明日の予定を口実《こうじつ》に俺はエルザよりも先に席を立ったのだった。

4

――次の日の朝。俺は事前に話し合いをしていたグラムと町の広場で落ち合い、一緒に孤児院へと足を運んでいた。

孤児院の施設はどこの町もほとんど似《に》たようなものだ。大抵は使わなくなった国の建物を再利用して子供たちの生活の場として提供している。しかし、国から支給される運営資金はそう多くなく、地域の有志《ゆうし》たちによる寄付や孤児院を出て働き始めた者からの支援で、不足分が賄《まかな》われているのが現状だった。

「この建物だ。俺はこの孤児院で十四歳まで世話になったんだが、その時の管理者は高齢《こうれい》の牧師《ぼくし》だったよ。二年前にその人が亡《な》くなったんでシスターが派遣されてきたそうだ。だが、まさかその人がアルフがいた孤児院のシスターだったとはね。世間《せけん》は狭《せま》いもんだな」

孤児院の前でグラムが俺にそう説明をしてくれる。

「そうだな。だが、おかげで恩あるシスターに挨拶が出来るんだ。幸運だったと思うよ」

俺がそう言って笑うとグラムもつられて笑い返してくれた。

「さあ入るぞ」

グラムはそう言って孤児院のドアを開け、先に中に入っていく。

「あ、グラム兄ちゃんだ！」

「本当だ！」

「ねえねえ、今日は何があるの？」

施設に入るなり、子供たちがグラムの周りに集まってきた。子供たちの歓迎《かんげい》ぶりからも、彼がかなりの頻度で施設を訪れているであろうことがよく分かる。

「あー、ごめんな。今日は物を持ってきたわけじゃないんだよ。シスターはいるかな？」

「えー！　そうなの？　残念！」

「シスターなら裏の洗い場にいると思うよ。ところでそっちのおじさんは誰なの？」

無邪気《むじゃき》な子供たちの『おじさん』という言葉に俺は密《ひそ》かにダメージを負ったが、出来るだけ表情には出さずに平静《へいせい》を装《よそお》って笑みを浮かべておく。

「裏庭の洗い場か。行ってみよう」

グラムの案内で、孤児院の裏手へ向かう。

孤児院を出てからかなりの時間が過ぎたが、果たして彼女は俺を憶《おぼ》えてくれているだろうか？

俺がグラムの後ろを歩きながら逸《はや》る気持ちを落ち着けていると、やがて壁が途切《とぎ》れて建物の裏手へと辿り着いた。そこには洗濯物《せんたくもの》を干《ほ》している女性がいた。

「お仕事お疲れ様です。シスターアメリア」

グラムがそう声をかけると、彼女が振り返る。少しばかり歳を重ねたものの、懐かしい顔が見えた。

「ああ、グラムさん。いつもありがとうございます。今日はどのようなご用件でしょうか？」

彼女はそうグラムに尋ねつつ、グラムの斜《なな》め後ろに立つ俺に気がついたようだった。

「後ろの方はお知り合いですか？」

「ああ、実は今日来たのは彼がアメリアさんに会いたいと言ったからなんだ」

彼女は丁寧なお辞儀をしてから挨拶をしてくる。

「はじめまして。この孤児院の管理を任されているアメリアと申します。本日はどのようなご用件でしょうか？」

記憶にある若々《わかわか》しい声ではないが、とても落ち着いた優しい声に懐かしさを覚えながら、俺は彼女の正面に立って深くお辞儀をした。

「久しぶり。シスターアメリア」

そう言って頭を上げて彼女の目を見ると、そこには驚いた表情があった。

「もしかしてアルフ君……ですか？」

「ああ」

俺が王都の孤児院を出てからもう十年以上が過ぎたというのに、この人はどうしてすぐに分かるのだろうか。

「元気そうで何よりです。立派な大人になられたようですね」

「シスターも元気そうで何よりだ」

俺がそう言って微笑むと彼女も優しい笑みを返してくれたのだった。

「どうぞ中へ、お茶を飲むくらいの時間はあるのでしょう？」

「ああ、今日はシスターに逢《あ》いたくて来たんだ。ゆっくり話でもしようか」

俺がアメリアに続いて部屋に入ろうとすると、後ろからグラムが声をかけてくる。

「俺は暫くの間子供たちと遊んでいるから、二人でゆっくり話すといい」

気を遣《つか》ってくれたのだろう。彼はそう告げて、建物の外壁に沿って孤児院の正面側にある庭へと歩いていく。

「悪いな」

その背中に礼を言うと、彼は振り向きもせずに片手を上げて、そのまま建物の向こうへ消えていった。

「どうぞ椅子にかけてお待ちくださいね」

アメリアはそう告げるとお茶を二人分淹《い》れた。そして向かい側の椅子へ座ると、お茶に口をつけてから話を始める。

「あなたが初めて孤児院へ来た日のことはよく覚えています。夏の終わりに近い日の夜明けに緊急で運び込まれた、幼い男の子。怪我が原因の高熱に浮かされていたあなたを見た時は、正直言って駄目かもしれないと思いました」

「その時のことは幼少期だったからほとんど憶えていないんだが、後から聞いた話によるとかなり危ない状態だったらしいな」

「そうですね。今になって振り返ると、あなたには神様の加護《かご》があったのではないかと感じています。それは他の事件でも表れていました」

アメリアはそう言って俺の目を見ると微笑んだ。

「――あなたが十五歳になって孤児院を出ることになる少し前だったかしら。幼い子供たちと共に薬草《やくそう》を採取《さいしゅ》するべく町外れの池を訪れていた際に、魔物化した獣と遭遇したことがありましたね。本来ならば出会うことのないはずの魔物に出会い、護衛の名目《めいもく》で同行していたはずの大人たちは我《われ》先《さき》にと逃げ出しました。そんな中、置き去りにされた幼い子供たちの前に出て、小さなナイフ一本で勇敢《ゆうかん》に魔物に立ち向かった英雄譚《えいゆうたん》は、今でも王都の孤児院では語り継《つ》がれていますよ」

「ははは。そんなこともあったな。ただ、あれはそんな恰好《かっこう》良《い》いものじゃなくて、本当はただ必死《ひっし》になって大声で叫びながらナイフを振り回していただけだ。それが偶然、飛びかかってきた獣の喉元に刺さってしまった。それだけのことだ」

そう、あれは生き残るために必死でもがいた結果訪れた、幸運でしかないんだよな。

「過程はどうであれ、あなたの行動が自らの命を救い、同時に居合わせた幼少の子供たちの未来をも救った事実になんら変わりはありません。誇《ほこ》っていいのですよ」

アメリアの言葉に俺は気恥ずかしくなり、誤魔化すようにお茶へ手を伸ばす。

「そうそう、もう少しあなたが小さい頃、まだ孤児院の他の子たちと打《う》ち解《と》けることが出来なくて悩んでいた時、唯一一緒に遊んでくれた彼。憶えていますか?」

「ああ、ゼノンの奴か。懐かしいな。しかし、奴とは無茶した記憶しかないぞ」

そう言った俺は、十数年前の記憶を今へと呼び起こしつつお茶に口をつけた。

◇◇◇

その日、少年時代の俺——アルファートとゼノンは物陰に隠れてある食料品店を見ていた。

「——なあ、あの店先にある酒。飲んでみたいと思わないか? 大人たちがあれだけ酔《よ》っぱらって笑いながら酒場から出てくるなんて、不思議だ。あれはきっと魔法の飲み物で、飲めば嫌なことだって吹き飛んじまうんだろう。あの店は主人が一人でやってるから、片方が気を引いているうちにかっぱらえば見つからないさ」

ゼノンが食料品店の店先にある酒瓶《さかびん》を指差して、俺にそんな提案をしてくる。

「酒か。興味はあるけど、そんなに美味いものなのか？」

「さあな。飲んだことねぇし、買う金もねぇ。となれば頂くしか方法はないだろ？」

貧しい孤児院では当然ながら小遣《こづか》いをもらえるわけもなく、子供たちが自由に物を買うことは出来なかった。

「俺が誘ったんだから、俺がやる。だから、お前はあのおやじの気を上手く引いてくれればいい。成功したら、走って逃げていつもの橋の下に集合だ！　いいな？」

「しくじるなよ。捕まると後が面倒だからな。いくぞ」

窃盗《せっとう》は悪いことだとシスターに散々言われていたが、当時の俺たちは反抗期《はんこうき》まっただ中。加えてそれなりに腕っぷしもあり、絶対に捕まるはずがないという変な自信もあった。それ故に俺たちは万引《まんび》きを決行してしまったのだった。

「おじさん、この果物腐《くだものくさ》っているよ」

「なんだと？　このガキが、適当なこと言ってるんじゃないぞ！」

俺が酒瓶が置いてある棚から一番離れた場所にある果物を指差してそうクレームをつけると、主人は俺を睨《にら》みつけながら近づいてくる。

「今だ！」

食料品店の主人が俺に睨みを利《き》かせた瞬間、ゼノンが店先にあった酒瓶をかすめ取ってダッと走り出した。

「あ！　待て、この野郎！」

「誰が待つか！」

ゼノンは酒瓶を持って走り去ろうとしたが、突然目の前に現れた大男に取り押さえられる。

「お前、いい度胸《どきょう》だな。親はどこにいる？」

「知るか！　離せよ！」

大男は暴れるゼノンをものともせず、引きずるようにして店主のもとに連れていく。

「馬鹿が。うちが用心棒《ようじんぼう》を雇っているとも知らずに万引きするとは。少し痛い目をみてもらわないと懲《こ》りないだろうな。そういえば騒いでいたお前。お前も仲間だな？」

逃げることも出来ずにただ茫然《ぼうぜん》としていたところに、聞き覚えのある声が聞こえる。

「二人とも、こんな騒ぎを起こしていったい何をしたのですか!?」

急いで来たのか荒《あら》い息をしたシスターアメリアがそこに立っていた。ゼノンが驚いた声を上げる。

「なんでここに!?」

「あなたたちが孤児院を抜け出したと連絡があったので探していたのですよ。二人ともいったい何をしていたのですか！」

激昂《げっこう》するアメリアに食料品店の主人が経緯《けいい》を説明すると、彼女は人目《ひとめ》をはばからずに店主の前で土下座《どげざ》をした。

「この度は私の管理している孤児院の子供たちが多大なご迷惑をおかけしてしまい、申し訳ありませんでした。全ての原因は、私の指導《しどう》が不十分だったことにありますので、この責任は私に取らせてください！」

アメリアの突然の行動に、俺たちはおろか店主さえも狼狽《うろた》える。彼はアメリアの前にしゃがみこむと顔を上げるように促《うなが》した。

「シスター。今回の件は未遂《みすい》だったから、アンタに免《めん》じてこの子供たちの処分《しょぶん》は任せるよ。ただし、今回だけだ。次、やったら役人に突き出すからそのつもりでいてくれ」

「ありがとうございます！」

涙ながらにお礼を言うアメリアの姿を見て、俺は酷い罪悪感《ざいあくかん》に襲われた。隣ではゼノンが、後悔するようにうなだれていた。

「ごめんなさい」

その言葉は、一時しのぎでなく自然と心から出てきたものだった。

◇◇◇

「シスターが店主の親父さんに平謝りする姿を見て、自分のやったことがいかに愚《おろ》かだったかを思い知らされたな。あの後、シスターからくらった平手《ひらて》打《う》ちの痛みは今でも覚えている」

「ふふふ。あの頃はまだ私も若かったですね。今ならもっと上手く叱《しか》れるのですが……」

そう言って照れたように笑うシスターアメリアを見て、改めて深い感謝の念が心に灯《とも》る。

「しかし、あの頃はただ生きていくのに精一杯だったが、今思い返せば、かけがえのない経験ばかりだったんだなと思うよ」

「ふふふ。アルフ君もそう思える年齢になったということでしょうね。ああ、そういえばグラムさんと面識《めんしき》があったのですね、彼はこの町を拠点にしていると聞いていたので、少し驚きました」

「グラムは護衛任務途中でな。王都からの道中で偶然知り合ったんだ。話していて気持ちのいい青年だよな」

グラムの性格や孤児院への貢献《こうけん》、子供たちの反応などを思えば、彼が好青年であることは疑いようがない。俺の言葉を聞いた彼女は穏やかな表情で口を開いた。

「彼がこの孤児院出身なのは聞いているのですよね。今でこそああして穏やかな人生を送っているけれど、難しい時期もあったと聞いています。それを支えてくれたのが同じ孤児院で育った幼馴染の女の子で、少し前に二人は結婚《けっこん》したと言っていました」

「そういえば、大切な人がいると聞いたな」

俺がそう言うと、アメリアは俺の顔を見て質問を投げかけてきた。

「アルフ君は確か二十八歳でしたね。いい人は見つかりましたか？」

アメリアに他意《たい》がないことは分かっていたが、少しばかり気恥ずかしくなり、ぶっきらぼうな言葉を返してしまう。

「……それを聞いてなんになる」

ふいと横を向く俺に、アメリアは優しく微笑みを返してくる。

まるで「分かっていますから」と言われているようで、俺は小さくため息をつくと、両手を小さく上げて敗北宣言《はいぼくせんげん》をする。

「ちっ、俺の負けだ。まだ、結婚もしてなけりゃあ恋人もいない。ただ、今までそういった機会がなかっただけだがな」

俺の言葉を柔《やわ》らかな笑みを浮かべて聞いていたアメリアは、この上ないアドバイスをくれる。

「そうでしたか。結婚が全てとは言いませんが、支え合える人が傍にいるというのは心強いものです。何かに躓《つまず》いて不安になっても傍にいてくれるだけで心が軽くなったり、嬉しいことがあれば喜びが倍になったりすることでしょう。アルフ君の前にもいつかそういった人が現れることを祈っていますね」

「まあ、縁があればな」

「そうですね。縁というのは大切なものです。もしもあなたにとって大切な人が現れた時は、絶対に幸せにしてあげてくださいね」

「ああ、分かったよ。いつもシスターの言葉に間違いはなかったからな。ああ、土産《みやげ》があったんだ。受け取ってくれよ」

俺はそう言って魔法鞄から十枚の金貨が入った袋と両手いっぱいの食料を取り出した。

「無理をしてはいけません。確かに孤児院経営は余裕のあるものではありませんが、善意というものは多くの者から少しずつが基本です。一人が大きな負担を抱えるのはよいことではないと私は思っています」

「いいや。今回だけは黙って受け取ってくれ。今までのお礼にしては少ないくらいだ。受け取らないと言っても置いていくぞ」

「……分かりました。では、ありがたく受け取ることとします」

アメリアは渋々《しぶしぶ》といった様子で頭を下げてから続ける。

「……それと一つ、私から頼みごとをしてもいいでしょうか？」

「頼みごと？」

「はい。すぐに準備をするので少しだけ待ってもらえますか？」

アメリアはそう言って立ち上がり、部屋の奥に入っていった。

十数分ほど待たされた後、アメリアは長細い箱を大事そうに抱えて戻ってきて、俺の前にそっと置いた。

「待たせましたね」

「アルフ君がこれから旅を続けるならばポンドール国《こく》のセントラドの町へ向かうことがあるかもしれませんよね。そこの鍛冶屋《かじや》にあなたの親友……いえ、悪友と言った方がいいかもしれませんが、ゼノン君が勤《つと》めていると聞いています。これは前に彼から預かった物なのですが、返す機会がないままセントラドへ行ってしまったので、もしアルフ君さえよければ立ち寄った際に渡してくれませんか？」

「ゼノンがセントラドの鍛冶屋に？　冒険者を辞めたのは知っていたが、あいつ鍛冶師になったのか。まあ、あの頃から確かに売っている剣を眺めては『俺ならもっといい物が打てる』って豪語《ごうご》していたからな。それで鍛冶屋の名前は？」

「すみません。名前まではっきりしないのです。ただ、セントラドで一番の鍛冶師の弟子《でし》になったと聞いています」

ゼノンか。久しぶりに会ってみるのもいいかもな。俺はアメリアから箱を受け取ると彼女に告げる。

「分かったよ。俺も奴の名前を聞いて久しぶりに会ってみたくなった。セントラドに行ってみることにするよ」

「それはよかった。よろしくお願いしますね」

「ああ、任せな」

俺が椅子から立ち上がり、アメリアに礼を言おうとした時、彼女が最後の言葉をかけてくれる。

「あなたはもう立派に独り立ちした大人です。自分の信じる道をしっかりと歩くことが、今、孤児院で過ごす子供たちの道標《みちしるべ》となることを忘れないでくださいね」

「ああ、その言葉、肝《きも》に銘《めい》じるよ」

俺はそう言って彼女と握手《あくしゅ》をして建物を出た。

「今日はすまなかったな。貴重《きちょう》な休みに同行してもらって」

「いや、ちょうど俺も顔を出しておきたかったところだから気にするな」

その後、子供たちと遊ぶグラムに声をかけて孤児院を出た俺は、彼に礼を言ってから宿に戻り、翌日の昇級試験に備えたのだった。

5

——翌日、朝食を済ませた俺はその足でギルドへと向かった。試験の手続きを済ませて待合室《まちあいしつ》で待っていると、受付の者から名前を呼ばれる。

「アルフさん。先に筆記試験がありますので講義室へお願いします」

この国のギルドの昇級試験は筆記試験と実技試験があり、筆記試験はギルドの規約や冒険者としての良識、禁止事項の知識を問うもの。普通の感性を持っている人ならばまず落ちることはない。

「試験時間は一時間となっていますので、頑張ってください。それでは始めてください」

試験官の合図《あいず》で筆記試験が開始した。常識問題ばかりなので難しくはないのだが、こういった座《ざ》学《がく》に不慣れな俺は、頭を痛めながら解いていく。

「はい、そこまでです。この後は実技試験になりますので、中庭の訓練施設へ移動をお願いします」

筆記試験で既に消耗《しょうもう》した頭をトントンと叩きながら、俺は大きく息を吐いて訓練施設へと歩いていく。

「えっと、アルフさんは実技試験についてどこまでご存知《ぞんじ》でしょうか？」

訓練施設へ向かう途中。先ほどまで筆記試験の監督《かんとく》をしていた女性がそう問いかけてきた。

「ずいぶんと昔だが、今のDランクに昇級する時に受けたことがある。それと同じならばだいたい覚えてはいるが」

それを聞いた彼女は少し困った顔をして、丁寧に説明をしてくれる。

「ええと、試験官と戦う試験だけでいいのはDランクまでで、Cランク以上の昇級試験では追加で受けてもらわなくてはならない試験があるのです」

「具体的にはどういった内容だ？」

今までの実技試験と違うとの話だったので、せめて対策でもと彼女に試験の詳細を確認すると、彼女は続けてくれる。

「大きく分けて二つの試験がありまして。まずは最初にギルドの用意した獣と戦ってもらいます。これに無事合格したら、試験官と戦ってもらい、勝利をおさめて初めて二次試験へと進めるんです」

「おいおい、それだけやってまだ続きがあるのか？」

ただ単に獣の討伐が追加されただけと思っていたので、驚いた。

「はい。Cランクからは国からの支援を受けられる一人前の冒険者となるのだから試験も厳しくするようにと、つい最近、国王から各地のギルドに勅命が通達されたのです」

「なんだって？　国王が勝手にそんなルールを作ったのか。やはりあの国王は髪と髭を剃るだけでは生ぬるかったか……いつか見ていろよ」

俺は少しの後悔《こうかい》を胸にそう呟いてから、話を進めようと彼女に説明の続きを求める。

「一次試験については理解したが、二次試験はどういった内容なんだ？」

「すみません。それは私もよく聞かされていないのです。私の担当は筆記試験の監督と実技試験会場までお連れすることですから」

「ふん。まずは一次試験を通過しないと二次試験の内容は教えられないということか」

「すみません」

「いや、いいさ。一次試験の流れが分かっただけでも収穫《しゅうかく》はあったよ。とにかく勝てばいいのだから、さっさと片付けてくるとしよう」

俺がそう言った時、ちょうど訓練施設の入口まで辿り着いた。

「この光景も久しぶりだな。前は王都のギルドで試験を受けたが、キロトンも王都に負けないくらいの施設を確保しているようだ」

試験会場はギルドの訓練施設としても使われているという場所で、円形の広場とそれを取り囲むようにした観客席がある、コロシアムのような造《つく》りだった。

「おお、よく来たな。俺は実技試験を担当しているカイだ。一戦目はギルドの用意した獣と戦闘をしてもらうが、これは殺さなくてもいい。相手を気絶《きぜつ》させるか戦意《せんい》を喪失《そうしつ》させれば勝利となる。次は受ける試験と同ランクの冒険者と戦ってもらう。その後の二次試験だが、詳細は一次試験を合格したものにしか言えない」

「理由を聞いてもいいか？」

「まあ、対策をとらせないためとでも思ってくれたらいい。Cランク以上は国から正式に認められた上位冒険者となるので、簡単に昇級させるわけにはいかないんだ」

試験官のカイはそう言うと、俺を訓練施設の真ん中へ連れていく。

「これより、あの扉から出てくる獣の相手をしてもらう」

「ちなみになんだが、殺したら失格《しっかく》なのか？」

「殺さなければ自らの命に危険が及ぶ場合はそれも許可するが、出来れば気絶させるにとどめた方が評価は高くなるとだけ言っておく」

「分かった」

「では俺が扉から出たら試験の開始となる。健闘《けんとう》を祈《いの》る」

カイはそう伝えると入ってきた扉から出ていった。

「試験開始！」

カイが出ていった扉が閉まると試験開始の合図が送られ、反対側の扉がゆっくりと開く。

そして中から大きな牙《きば》を持った、体長二メートルはある大型のヒュージボアが現れた。

「よりにもよってヒュージボアかよ。しかしヒュージボアってソロのCランクが相手出来る奴じゃなかった気がするんだが、いつからギルドの認識が変わったんだ？」

現れたヒュージボアは、目の前に立つ俺に狙いを定め、前かがみに突進する構えをとって臨戦態《りんせんたい》勢《せい》に入る。

「あの突進はちょっとばかり厄介なんだよな。さて、どう殺さずに対処してやろうか」

◇◇◇

――その頃、試験官たちの間で大きな騒ぎが起きていた。

「おい！　確か俺は三番のビッグボアの檻《おり》を開けるように指示をしたよな？　それなのになぜ四番のヒュージボアが試験会場に出ているんだ!?　あれはCランクだと四人以上のパーティー、ソロならAランクに課《か》される課題だ。ソロのCランク試験で出していい獣じゃないぞ！」

「早く回収しなければ、試験で死人が出るぞ！」

「だがどうする？　あいつを無傷で押さえ込めるレベルの職員は全員出払ってるみたいだぞ。後はギルマスか。ギルマスはどこだ？　誰か早く呼びに行ってこい！」

「そ、それが。ギルマスもこの時間は別件《べっけん》で外出しているんです！　試験が終わるまでには戻られると言っていましたが……」

「なんだって!?　じゃあ、どうやってあれを回収するつもりなんだよ!?」

「無理でもなんでも早くどうにか対策を打たなければ、うちのギルドの信用がなくなるだけじゃ済まないぞ」

「確かギルド所属のAランクがいただろ？　呼び出すことは出来ないのか!?」

「あの人は夜にはよく酒場で見かけますが、日中は町の外に行っていますよ！」

男性職員の一人が叫ぶ。誰からも解決に至りそうな意見は出ない。しかし、こうしている間にも時間は刻々《こくこく》と過ぎているのだ。

「そうだ！　実験中のアレを使えば、もしかしたら俺たちでも押さえられるかもしれない」

「しかし、失敗すれば俺たちも大怪我じゃ済まないぞ」

「馬鹿野郎！　ギルドの落ち度で受験者を死なせてみろ、関係者全員クビだけじゃ済まないぞ！すぐに準備をするんだ！」

職員の一人が叫ぶと、周りで頭を抱えていた者たちは蜘蛛《くも》の子を散らすように走りだしたのだった。

◇◇◇

——ガッガッ。

ヒュージボアが前足で地面を削《けず》るようにして、全力突進の準備動作をしている。

「殺《や》る気満々だな。舐《な》めてかかって怪我なんかしたら笑えねえし、少しだけ本気を出させてもらうか」

俺はそう呟くと、剣を右手に持って構え、ヒュージボアの突進を待つ。

「ブモモォ！」

俺が構えたのを戦いの開始と捉えたのだろう。ヒュージボアが、大きな叫び声と共にその巨体の全体重を乗せるようにして急突進をしてくる。

「おお、なかなかの迫力だ。正面からのぶつかり合いだと力負けしてしまうかもしれんな。少しズルいかもしれんが勘弁してくれよ」

俺はそう言いながら左手に雷属性の魔力を纏わせる。

「雷神《サンダー》」

右手に持った剣に左手を添えると、雷が吸い込まれるようにして剣身《けんしん》が光を帯びる。

「さあ、こい！」

迎撃《げいげき》の準備が整い、ヒュージボアのその巨体が目前《もくぜん》まで迫ったその瞬間、部屋全体から耳障《みみざわ》りなノイズが発せられた。

ビービービー。

その音にヒュージボアの勢いが一瞬だけ弱まった。

最初はヒュージボアの突進を躱《かわ》しながら斬るつもりだった。しかし、けたたましい音に反応してか奴のスピードが落ちたので、その隙に素早くその身体の下に潜《もぐ》り込む。そしてそのまま剣の柄《つか》で心臓の位置を突き上げた。

――ガツン。

「グモ⁉」

柄で突いただけ。だが、心臓への振動に加え、付与した雷が全身を痺《しび》れさせたことによって、ヒュージボアは何が起きたか分からないまま気を失い、その場に崩れ落ちたのだった。

「おい！　やかましいからこの音を早く止めてくれ！」

ヒュージボアを倒した俺は、その後も鳴《な》り続ける音を止めるよう大声で叫ぶ。その声が聞こえたのかどうかは分からないが、ようやく不快《ふかい》な音が止まり、ドアから十人ばかりの武装《ぶそう》した男たちが飛び込んできた。

「囲んで仕留《しと》めろ！」

殺気《さっき》立った男たちは俺の方に向かって走ってくる。

「な、なんだコイツら？　見た感じはギルドの関係者のようだが……まさかヒュージボアを倒した後の試験ってそのままぶっ続けなのか？　この人数を相手にするなんて聞いてないが……」

そう思った俺は向かってくる男たちを迎撃するべく構えをとった。だがその時、先頭の男が何かを叫ぶのが聞こえた。

「今、助けるぞ！　早くその場から離れるんだ！」

「は？」

彼らが何を言っているのか理解出来ず、動かない俺に別の男がまたも叫ぶ。

「今ヒュージボアが苦手な音を出したから、早くその場を離れるんだ！　ヒュージボアは俺たちが相手をするから大丈夫だ！」

「……ああ、なるほど。あの不快な音はヒュージボアの嫌がる音だったのか。しかし、こいつら全員、ヒュージボアが気絶しているのに気がついていないのか？」

いつまでも逃げようとしない俺に、目の前にまで迫ってきた男が慌てた様子で再度叫ぶ。

「早くここから離れるんだ！」

「なぜだ？」

落ち着いた様子でそう問い返す俺。その男は俺の後ろで倒れているヒュージボアに目を向ける。

「だからヒュージボアが……」

「もう倒したんだが……。確か説明では気絶させたらいいと言っていたと思うが、違ったか？」

「は？」

俺の言葉がよく理解出来なかったらしく、男はその場で固まる。それ以外の男たちはヒュージボアの状態を恐《おそ》る恐《おそ》る確認し、呆気《あっけ》にとられたような表情で彼に伝える。

「き、気絶しています」

「そ、そんな馬鹿な！　ヒュージボアをソロで倒すには最低でもAランクの実力が必要だぞ！」

「し、しかし……現実に気絶しています」

「ば、馬鹿な……」

呆然《ぼうぜん》とヒュージボアを見つめる男に俺が声をかける。

「それで次の試験はどこでやるんだ？　確かギルドが準備した獣と対戦した後は試験官と戦うんだったよな？　別に疲れてないから今からでもいいんだが、ここにいるメンバーと戦えばいいのか？」

気分よく大技でヒュージボアを仕留めるはずが、不要なノイズで邪魔されたために不完全燃焼《ふかんぜんねんしょう》気味なんだ。少しばかり不機嫌そうな声音《こわね》になってしまったな。

「い、いや。別に正式な試験官が用意されている。準備が出来たら呼ぶので控室《ひかえしつ》で待機《たいき》していて欲しい」

男は慌てたようにそう答えると、傍にいた者に俺を控室へ案内するように指示を出す。それから

「そ、掃除道具を取ってくる！」と言って、その場から逃げるように走っていった。

「ちょっと悪いことをしたかな」

控室にて。少しばかり大人げない態度をとってしまったと反省しながらおとなしく待っていると、職員の女性がお茶と菓子を持って部屋に入ってきた。

「次の試験のことで少しばかり会議が長引いているようですので、暫くお待ちください」

女性はそう言うとお辞儀をしてから退室する。

「次の試験の会議だと？　確かCランクの冒険者が相手をするって話じゃなかったか？」

俺は不思議に思いながら出されたお茶を一口飲み、これからのことを考えていた。

◆◆◆

――その頃、昇級試験の運営会議では騒動が起きていた。

「おい！　あれはどう見てもCランクのレベルじゃないだろ！　俺じゃあ相手をしても瞬殺《しゅんさつ》されちまうぞ」

もともとアルフの試験を担当する予定だった男がそう声を張り上げると、戻ったばかりのギルドマスター、マッハが冷静に答える。

「だが、一応これはCランクへの昇級試験だ。予定通りCランク冒険者のアンタが試験官として相手するのが妥当《だとう》じゃねえのか？　それにこれは試験だから、さすがに殺されることはないだろう？」

「そんならあんたが試験官をすればいい。もともとAランクの冒険者だったんだろう？　現役《げんえき》を退《しりぞ》いた今でもそれなりの力はあるんだから、ちょうどいいじゃないか。俺はあんな化け物の前には立ちたくない。この依頼はキャンセルさせてもらうぞ」

男はそう告げると、不満をまき散らしながら部屋から出ていく。

「これは困ったな。ヒュージボアをソロ討伐出来る実力ならば、その実績《じっせき》だけでAランク相当だが……今回は、効いたかどうかは分からんが、ヒュージボアの苦手な音を出した直後に仕留めたようだから、もしかしたら運よくヒュージボアが硬直《こうちょく》したタイミングに奴の攻撃がかち合っただけかもしれん。もしそうならば、実際はそれほどの実力はないのかもしれないのだが……」

「そうですな。となると、やはり次の試験を免除《めんじょ》とはいかないでしょうから、早急に代わりの試験官を準備しなければなりませんな」

「しかし、そう都合よくCランク以上の試験官など用意出来るわけがないのも事実だ」

運営会議は結局そこで堂々巡《どうどうめぐ》りを始める。

「――先ほど意見がありましたが、この際ギルドマスター自ら試験官をされてはいかがでしょうか？　現役の冒険者が担当することが多いですが、そういった規定があるわけではなかったはずです。試験を免除する気がないならば誰かが相手をしなくてはなりませんし、あなたが判断したならば、たとえば異例《いれい》の複数昇級の判断をくだしても皆が納得してくれるでしょう」

マッハの横で、補佐官《ほさかん》の男性が数枚の書類を眺めながらそう意見をまとめる。

「ハア……用事を済ませて急いで帰ってきてみれば、とんでもないミスをしやがって。本来ならばここにいる全員をクビにしても済まない状況だということを肝に銘じとけ」

そう一喝《いっかつ》した後、マッハはスキンヘッドの頭に手をやって目を瞑《つぶ》る。そうやって考えを纏めると、静かに言った。

「ふう。まったく、こんなロートルに無茶させるんじゃねぇよ……とはいえ誰もやりたがらないなら仕方がない。本物の実力者なのかどうか確認する必要はあるしな。分かった、特別にこの目で見てやるとするか」

マッハはそう言うと試合用の木剣《ぼっけん》を手にし、軽く振り下ろしてから職員に向かって叫んだ。

「よし、ヤツを呼べ。試験の再開といこうじゃないか」

◇◇◇

——その頃、出された茶と菓子を食べきった俺は試験後のことについて考えていた。

試験に合格してCランクになれば護衛の依頼が受注《じゅちゅう》可能になる。まずは隣国ポンドールへ向かう護衛依頼を探すとするか。シスターアメリアに頼まれた配達の件もあるし、ゼノンに会うためにセントラドにも行かないとな。それにポンドールは確かゴリン酒《しゅ》の製造《せいぞう》が盛《さか》んだったはずだ。勇者時代には口にすることが出来なかったが、今の俺を縛《しば》るものはないからな。想像するだけで楽しみだ。

懐もまだ少し寂しいし、ちょうどよく稼ぎながら移動出来る依頼があるといいんだが。

「──お待たせしました。試験の準備が整いましたので、どうぞ」

俺がそんなことを考えていると、案内の者から試験再開の声がかかる。

「さてと、とにもかくにも、この試験をクリアしなければ始まらないか」

俺は椅子から立ち上がると、肩をぐるぐる回しながら案内人の後をついていく。

「なんだ、結局ここでやるのか」

連れてこられたのは先ほどヒュージボアと戦った訓練施設の入口。係の者が俺に木剣を手渡しつつ、試験の説明を始める。

「試験は試験官との模擬戦になりますが、勝つ必要はありません」

「勝つ必要がない？　ではどうすれば合格になる？」

「この試験では、対人戦における剣筋《けんすじ》や戦略《せんりゃく》などの能力を見るのです。Cランク以上の冒険者になると護衛任務も請《う》け負《お》えるようになりますので、時には盗賊など人間相手に戦わなくてはならない場面も出てきます。あなたは今までDランクでしたので、単独でそういった依頼を受けることはなかったでしょうから、その際の予行練習との位置づけでもあるのです」

「なるほどな。それで試験の合格基準はなんだ？」

「審判が試合を止めるか、試験官が実力を認めれば試験は終了になります。Cランク以上の試験官が相手ですので、敗北イコール試験失敗とはならないわけです。決死《けっし》の覚悟で臨《のぞ》む必要はないとお伝えしておきます」

「分かった。とりあえず相手を無力化すればいいんだな？」

「ですから相手は格上《かくうえ》の……」

「格上かどうかはやってみなければ分からないだろう？　後は何か禁止事項はあるか？　たとえば魔法を使ってはいけないとか」

「えっ？　魔法が使えるのですか？　てっきり普通の剣士かと思っておりました。そうですね、魔法の使用は問題ありません。ただ、試験ですので、当然相手を殺したりすれば即失格となり、冒険者資格のはく奪《だつ》はもちろんのこと、罪人《ざいにん》として扱われることになりますのでご注意ください。また、審判の指示には必ず従ってください。試験終了合図後の攻撃も失格対象になりますので……」

その後もいくつかの注意点を確認した俺は、訓練施設の中央で待つ対戦相手に向かって歩いていく。中央に辿り着くと、そこには壮年の男性が木剣を片手に持ちこちらを注視《ちゅうし》して待っていた。

「俺が今回の試験官を務めるマッハだ。本来ならば別の若い奴が相手をするつもりだったが、少々予定が変わってしまってな。こんなロートルで悪いが勘弁してくれ」

マッハと名乗った男は、身長百八十センチの俺よりも背が高い筋骨隆々《きんこつりゅうりゅう》の大男で、その頭はつるつるのスキンヘッドだった。

「いや、誰が相手でも文句はない。それに試験官を請け負えるくらいだ。それなりに動けるんだろ？」

男の綺麗なスキンヘッドに気を取られながらも、俺はマッハに問いかける。

「ははは。まあ昔はそれなりにやれていたんだがな。今は修練不足《しゅうれんぶそく》のせいで思うようには動けない。だがCランク程度なら問題なく相手出来るから、遠慮なくかかってくるがいい。さあ、お喋《しゃべ》りは終わりにして始めるとするか」

マッハはそう声を上げると、手に持った木剣を何度か振り、不敵《ふてき》に笑う。

「では始めてください」

審判の合図で対峙《たいじ》していた俺たち二人は木剣を構える。

「先手は譲《ゆず》ってやるよ。存分に力を試してみな」

マッハはそう言うと木剣を両手持ちにして、どっしりと構える。

「それはどうも。そんな余裕を見せておいて一撃で終わらないでくれよ」

俺はそう言うと魔法を発動する。

「重力剣《ソードグラビティ》」

これは剣に込めた魔力量に応じて重さを上乗せする魔法で、俺の場合、振り下ろした剣の威力が何倍にも増す。

「やあっ！」

俺が鋭《するど》く振り下ろした木剣は、唸《うな》りを上げてマッハの構える木剣へと向かっていく。

――バキッ！

「ぐっ」

俺の剣は両手持ちしていたマッハの木剣を二つにへし折っていた。

「得物《えもの》が折れたんだ。これで負けを認めるか？」

俺はマッハにそう確認したが、彼は受け入れる気はないようで、ニヤリと笑みを浮かべながら部下にかわりの木剣を持ってこさせた。

「ふうん。なかなかやるじゃねぇか。せっかくだし、もう少し付き合えよ。久しぶりに熱くなってきやがった」

マッハは木剣を掴むと、その場でブンと一振り力を込めて振り下ろす。そして俺に向けて「いくぞ」と叫んでから一気に間合いをつめてきた。

「――速撃抜刀《そくげきばっとう》」

何らかの武術なのだろう。マッハは魔法で身体強化をしたかのように急に移動速度を上げ、一気に俺の傍へと走ってくると高速で剣を振るう。

「へえ。なかなかのスピードだ」

俺はそう言いつつ、目の前に迫る木剣の剣先を見極《みきわ》め、身体を僅《わず》かに傾けることで余裕を持って躱すと「なかなかだが、まだ甘い！」と軽口を叩く。

「ほう！　これを躱すか！」

マッハは躱されたことにむしろ歓喜《かんき》の叫びを上げ、口角《こうかく》を上げて笑う。そして剣を片手で大きく振りかぶって次の攻撃に移る。

「今持っている木剣を折るか弾き飛ばせたら俺の勝ちにしてくれよな」

俺は剣を振りかざして迫りくるマッハにそう告げると、重心を前に置いて迎え撃つ体勢になる。

「双撃《そうげき》」

マッハが上から振り下ろしてきた木剣を俺が左から薙《な》ぎ払う。その瞬間、右からの俺の追撃《ついげき》が決まった。

そう、一瞬で二回剣を振るったのである。

マッハの剣は、宙をくるりと舞って地面に落ちた。乾いたカランという音が訓練場に響き渡る。

「そこまで！」

審判の声にマッハは一瞬だけ不服《ふふく》そうな表情をするが、さすがに二度も得物を失えば負けを認めざるを得ないとばかりに苦笑いをしながら、両手を広げて降参《こうさん》のジェスチャーをした。

「はっはっは。いや、参った。久しぶりとはいえ、こんなに何もさせてもらえないとは思わなかった」

マッハは高笑いをしながら、激しく動いたことで汗の出たスキンヘッドを、懐から取り出したタオルで拭《ふ》きあげる。

「これで一次試験は終わりだよな？　それでこの後すぐに二次試験をするのか？」

特に疲れていなかったのでマッハにそう問いかけたのだが、彼は笑いながら言う。

「ああ、二次試験は受けなくていいぞ。もともと二次試験はギルドマスターである俺との面接だからな。その時に追加の試験を課《か》すこともあるが、アンタは問題なしだ。ちょっと待っていろ、すぐに新しい冒険者証を持ってこさせるから、休憩室で少しばかり話でもどうだ？　聞きたいこともあることだしな」

どうやらこの大男がこの冒険者ギルドのギルドマスターだったようだ。ずいぶんと暑苦《あつくる》しいギルドマスターだなと、俺は思わず苦笑いをして答えた。

「話すのは別に構わないが、必要ないと思った質問に答えるつもりはないぞ」

マッハはそう言った俺に頷いて返すと、休憩室へと招《まね》いたのだった。


「今回の試験、本当にすまなかった」

マッハは俺だけソファに座らせると、いきなり深々と頭を下げて謝罪の言葉を告げた。

「なんだ？　いきなり」

いきなり謝ってきたマッハに俺はついていけず、その理由を聞く。

「実技試験の最初の試練、獣との戦いのことだ」

「ああ、ヒュージボアとの戦いの際にうるさかったあの音のことか？　確かにあれはちょっとばかり音がでかすぎたよな。うるさすぎて耳が痛くなったよ」

俺が笑いながらそう答えると、マッハはぽかんとする。

「本当に気がついていないのか？」

「だから、なんのことだよ」

「そうか、本当に気がついていなかったのか。実はあの時のヒュージボアはギルドのミスで出してしまったもので、本当はそれよりずっと弱いビッグボアと対戦させる予定だったんだよ」

マッハの言葉を聞いて、ようやく俺は試合開始時の違和感を思い出す。

「ああ、やっぱりそうだったのか。確かに変だとは思ったが、俺の知らない間に討伐ランクの基準が変わったのかと思って、それほど気にしてなかったよ」

「……そうか。いや、本当に申し訳なかった。試験を受けていたのがアンタでなければ死人が出ていたかもしれない、ギルドとして糾弾《きゅうだん》されて当然のミスをしてしまったのだからな」

マッハは歯を食いしばって自らの管理体制の甘さを悔《く》いていた。

「終わってしまったことは仕方がないし、今回のことを教訓《きょうくん》として今後のギルド職員の教育に活かしていけばいいんじゃないか？」

「寛大《かんだい》な言葉に感謝する。職員に再発防止の教育を受けさせることを約束する」

再度、深々と頭を下げたマッハは俺にそう言った。

「――失礼します。新しい冒険者証が出来ましたのでお持ちしました」

ちょうど話の区切りがついたタイミングで、職員の女性が新しい冒険者証を持って部屋に入ってきた。

「ほら、こいつが新しい冒険者証だ。こいつがあればギルドに掲示《けいじ》されているBランクまでの依頼を受けることが出来る……って冒険者になりたての新人じゃあるまいし、そのくらいは知っているか」

「ははは。まあ、当然知っている」

俺はそう言いながら職員から新しい冒険者証を受け取って内容を確認する。

「ん？　これはBランク証じゃないか。確かこの試験ってCランクの試験じゃなかったか？」

冒険者証に記載《きさい》されたランクが試験の内容と違うことに疑問を持った俺が、マッハにそう問いかける。

「俺と互角《ごかく》以上に戦える奴、しかもヒュージボアをソロで押さえ込める実力者をCランクで止めておくのは勿体《もったい》ないだろうが。まあ、本当ならばAランクにしてやりたいが、一度の試験で上げられるランクは特例を使っても最大で二つまでという規定《きてい》があるんだ。そもそもAランクにするには王都のギルド本部で試験を受ける必要があるしな」

そう言ってため息をつくマッハに、俺は「別に問題ない」と答え、そのまま依頼について相談することにする。

「ランク試験が終わったばかりですまないが、ポンドール方面へ向かう商隊等の護衛依頼は出てないか？　出来れば明後日以降出発で早い方がいい」

「商隊の護衛依頼だと？　しかも他国へ向かう商隊を探しているとは……もう町を出るつもりなのか？」

「昇級試験を受けさせてもらってすぐにというのは少しばかり気が引けるが、ポンドールのセントラドに行く用事があるんだ」

本来ならば、昇級試験を受けたこの町で暫くの間ギルドの依頼を受けてやるのが義理ではあるが、今は一刻も早くこの国から離れたかったこともあり、無理を承知で頼み込んだ。

「むう、そうか。しかし、ポンドール方面への商隊護衛か、そんな依頼はあったか？」

マッハが隣にいた部下にそう聞くと、あっさりと答えが返ってきた。

「ポンドール国方面への護衛依頼ですか。なくはないですが、彼には条件が合わないと思いますよ」

部下の言葉を聞いてマッハはため息をついて言った。

「ああ、例の依頼か。条件が悪すぎて受け手がないと一度は断ったが、それでもどうしてもと取り下げなかった依頼だったよな」

「あるにはあるんだな？」

「そうだな。まあ、あるかと聞かれればあると答えるが、いろいろと条件があってアンタには無理な依頼だぞ。しかも行き先はポンドール国のさらに先の国、マイルーン農業国《のうぎょうこく》だ」

マッハが曖昧《あいまい》な返答をしてくるので「とりあえず依頼の内容を教えてくれないか？」と彼の傍に控えていたギルド職員に声をかける。彼女はちらりとマッハを見て、彼が頷くのを確認すると説明をしてくれた。

「――簡単に説明しますと、依頼者は大手の商会ではなく個人の行商人《ぎょうしょうにん》となります。行き先は先ほどギルマスが話されましたが、隣国のポンドール国のさらに先、広大な大森林と農地を有するマイルーン農業国になります。行商馬車の進行速度で十数日ほどを予定する距離で、途中にあるいくつかの村や町を経由《けいゆ》して進むことになり、その中にポンドール王都やセントラドの町なども入ります」

「マイルーンか……。確かに少しばかり遠いとは思うが、受けるのにためらうほどではないだろう。他にも何か問題があるのか？」

マイルーン農業国も魔王討伐の旅の途中で訪れたことのある国で、斥候のヒューマの出身国でもあったため、俺は多少ではあるが地理的な情報も持ち合わせていた。

「はい。まず、護衛の期間ですが、マイルーン農業国までの片道を指定しておられますので、キロトンを拠点とされている方は返路《へんろ》にかかる旅費は自らの負担となるため、割に合わないのです。それが受ける方がいない一番の理由かと」

「まあ、そうだろうな。確かに片道切符《かたみちきっぷ》じゃあ引き受ける者がいなくても仕方ないな」

俺はそう言って頷いた。

「次に報酬の問題についてですが、マイルーン農業国の首都《しゅと》までの護衛代金が金貨で二十枚。うちギルドへの手数料《てすうりょう》が金貨六枚ですので、残りの金貨十四枚が報酬となってしまうのです」

「ん？　確かに少しばかり距離は遠いが、かかる日数からすれば金貨十四枚はそれほど少ないとは思わないが……いったい何が問題なんだ？」

「普通なら護衛依頼はパーティー単位で受注となりますので、たとえば四人組のパーティーならば金貨十四枚だと一人あたり金貨四枚にも満たないですよね？　しかもこれは成功報酬扱いですので、向こうに到着した後に直接依頼者から支払ってもらわなければなりません」

「護衛依頼の報酬は成功報酬で問題ないと思うが？　逆に先払いだと途中で逃げられる可能性があるんだから」

「はい。ですから、そういった事態を防ぐために、本来ならばギルドに代金を先払いするのがルールとなっています。引き受ける冒険者が依頼を達成し、ギルドへの報告義務を果たしたら手数料を引いた金額が支払われるわけですね」

そこまで聞いて、俺は納得する。

「だが、今回は他国に行って帰ってこないから、ギルドに金を預ける、さっきのような形での支払いが出来ないということか」

「はい。その通りです」

「まあ、俺の場合はどうせすぐにはこっちに戻るつもりもないし、道中の馬車への乗車を認めてもらえればそれだけで構わないが。さすがにその距離を歩きたくはないからな。それで、問題はそれだけか？」

俺がそう問うと、彼女は表情を曇《くも》らせながら最後の条件の説明を始める。

「実は、最後に一番の問題がありまして」

「どんな条件だ？」

「実は依頼者は若い商人見習《みなら》いの女性なのですが、依頼条件の一つに『メンバーに女性が含まれていることが必須《ひっす》』というものがあるのです」

彼女の言葉に俺はため息をついてから答える。

「それは、最初に言うべきだろう」

「すみません。依頼人の彼女には何度か条件の緩和《かんわ》を申し出たのですが、やはり遠方への移動とあって、ギルドとしても無理は言えませんでした」

「まあ、それならば仕方ないな。ギルドマスター、他に条件の合いそうな依頼はないのか？」

「ない！」

取《と》り付《つ》く島《しま》もないとはこういうことかとため息をつく俺を見て、先ほどから対応してくれていた女性が「あのう、ダメ元でよければ依頼者と話されてはいかがですか？」と提案をしてくれた。

「ギルドがそう言うなら一応話をしてみてもいいが、若い女性ということだから、ギルドの女性職員を同席させてくれないか？」

「分かりました。当日はギルドマスターと私が同席させて頂きます。そして、依頼人の彼女と先に話をしてみますので、申し訳ありませんが明日のお昼まで待って頂けませんか？」

ダメ元の依頼だというのにそうやって手間をかけてくれるだけでありがたい。俺は快く了承し、明日の昼に再度ギルドを訪れることを約束してから席を立った。

6

それから暫くして。ギルドの応接室でマッハと担当の女性職員の二人が、急きょ依頼人と面会していた。

「急ぎ、ギルドまで来て頂いてありがとうございます。今日は依頼人マリエルさんの出されている依頼について、どうにか妥協点《だきょうてん》が見いだせないかと思いましてお呼びしたのです。私は当ギルドの依頼担当受付をしているローザといいます」

「はい……。よろしくお願いします」

マリエルと呼ばれた女性は、十六、七歳くらいに見える。身長百五十センチほどの小柄《こがら》な体型で、気が弱いのかローザとも目を合わせられずにいた。

「そもそも、若い女性が一人でマイルーンまで向かうこと自体珍しいです。そのあたりの事情をお話し頂けますでしょうか？」

依頼書から読み取れなかった情報を引き出すに当たり、経験豊富《けいけんほうふ》なローザは適任《てきにん》だった。

「……」

マリエルは何かを話そうとしながらも、ちらちらとマッハの方に目をやっていた。それに気付いたローザは「ああ」と頷き、隣に座るマッハに声をかける。

「ギルドマスター、少々席を外して頂けませんか？」

ギルドマスターではあれど、スキンヘッドの大男である。気の弱そうな彼女が怯《おび》えたとしても責められるものではない。

「ん？　ああ、まあ仕方ないか。本来ならば依頼人への聞き取りには俺の同席が必須だが、今回に限って特別に席を外そう。後で報告書を持ってくるようにな」

「ありがとうございます」

ローザがそう言うと、マッハは椅子から立ち上がりマリエルに言った。

「ローザにしっかり相談するといい。何、こいつはこう見えて優秀なんだ。いい結論が出ることを期待している」

マッハはそう告げると部屋から出ていった。

「すみません。気を遣わせてしまって」

マッハが部屋を出たのを見て、マリエルが小さな声でローザに謝る。

「いいえ、構いませんよ。あんな強面《こわもて》の大男が横で睨みを利かせていたら、話そうにも話せませんよね」

ローザはマリエルの心を開こうと、あえて砕けた口調で優しくそう言った。

「それで、お話し頂けますか？　必要のないことは報告にはあげませんので、私にだけ打ち明けてくださると嬉しいです」

そこまで言われて、ようやくマリエルは俯《うつむ》いていた顔を少しだけ上げて、ローザの目を見て話を始めた。

「今の時点では気持ちの整理がついていないことも多くて、詳しいことはお話し出来そうにありません。ただ、この手紙を持ってマイルーンに住む叔母《おば》に会いにいくようにと父に言われてるんです」

「マリエルさんの叔母さまですか？　失礼ですが、ご両親は？」

「母は幼いころに。父はつい先日、病気で亡くなりました」

暗い表情になりながらも、マリエルはそのまま話を続ける。

「父の遺言《ゆいごん》通り、叔母に会いにいきたいと思っています」

ローザは若くして両親を亡くしたマリエルにかける言葉が見当たらず、ひとまず詳しく話を聞くことを選んだ。

「マリエルさんの叔母さまが暮《く》らされているから、マイルーンへ行こうとされていたのですね。事情は分かりました。ですが、最初に説明した通り、マリエルさんの提示された条件で護衛を引き受けてくれる方は現状、いません」

ローザの言葉にマリエルはまた俯いてしまう。

「ただし、今マリエルさんが提示されている条件のうち一つだけ妥協して頂けるならば、引き受けてもいいという方がおられます。どうされますか？」

「条件の妥協ですか？　お金はないので報酬額を上げることは難しいのですけど……」

「報酬額の増加ではありませんよ。妥協して頂きたいのは『護衛に女性が必須』だという一点です。実はかなりの実力を持つ冒険者の方がこの依頼を受けようとされていたのですが、その方はソロ活動をされている男性ですので、依頼の条件に合わないと諦《あきら》めておられました。もちろん若い女性であるマリエルさんにとって、男性冒険者と二人きりで旅をすることに強い抵抗感《ていこうかん》があるのは理解出来ます。ただ、今のままではこの先も依頼を受けてもらえる可能性は極《きわ》めて低いと言わざるをえません」

ローザはマリエルを説得するために言葉を重ねる。

「彼の実力は問題ありません。それはギルドが保証しますので、一度、彼と面会をして直接話をされてみてはいかがでしょうか？　話すことによって、もしかしたら信用に値《あたい》すると思えるかもしれませんよ」

ローザの説得を聞き、俯いた顔をゆっくりと上げたマリエルが、ローザに告げる。

「分かりました。会ってみることにします。よろしくお願いします」

「よかった！　では明日のお昼にもう一度この場に来てくださいね」

マリエルの前向きな言葉を聞いて、ローザは彼女の手を握って大きく頷きながら言ったのだった。

◇◇◇

ギルドを後にして宿に戻った俺は、温泉で汗を流してから食堂に向かい、考えごとをしながら夕食をとっていた。

そこに聞き覚えのある陽気な声が聞こえてくる。

「よう！　調子はどうだ？」

「あまりいいとは言えない。何しろあんたに会ったからな」

「ほう。言ってくれるじゃないか。俺にそんな軽口を返してくるのはお前くらいのものだが、そんなことはどうでもいい。せっかく会ったんだ、一杯やっていこうじゃないか」

コネンはそう言って、俺の同意を得ることなく正面の椅子に座り、店員にエールを二つ注文する。

「お待たせしました。ジョッキエールになります」

俺とコネンの前にジョッキが置かれると、彼はニヤリと笑みを浮かべてスッとジョッキを俺の前に持ってきた。

「よろしくな」

俺は「はあ」とため息を吐きつつジョッキを受け取ると、他人に見えないように魔法で冷やしてから彼に手渡した。

「くー！　やっぱり美味いな」

コネンは俺から冷やしたジョッキを受け取ると、相変わらず美味そうにグイと一気にエールをあおる。

「それで、ぼーっとしていたようだが、考えごとでもしていたのか？」

どうやら俺は自分でも気がつかないうちに、ぼんやりとしていたようだ。思わず苦笑いが出てくる。

「まあ、たいしたことじゃない。明日、依頼人と会う予定なんだが、少しばかり条件が合わなくてどうしようかと考えてたってだけだ」

「依頼？　どんなのだ？」

「商人の護衛なんだが、いくつかある条件のうちで、どうしてもクリア出来ないものがあってな……」

俺はそれから彼に必要最低限の情報だけ話す。

「なるほどな。だが、そんな条件だと受けてくれる者もいないだろうし、そもそもギルドが難色《なんしょく》を示すだろう？　まあ、依頼人の事情なんてこっちには分からないものだから、そのあたりを上手く聞き出せれば意外と条件を緩和してくれるかもしれんが、それでも難しければ諦めるしかないな。まあ、どっちにしても会って話すことになったんだろ？　上手くいくことを願っててやるよ」

「なんだ、本当に話を聞くだけかよ。同業者として何か建設的な意見はないのか」

「まあ、そう言うな。他人に出来ることなんてそんなもんだ。ははは」

コネンの返しに俺はため息をつく。

しかし、もとより路銀が浮けばいいくらいの気持ちだっただけで、断られたら別を当たればいいもんな。

「まあ悩んでも仕方ないから気楽《きらく》にいくか」

俺はそう思いながら笑みをこぼし、その日はぐっすりと眠った。


――次の日、依頼が駄目でもとりあえず町を出る準備だけでもしなければと雑貨屋《ざっかや》などを巡って、約束の時間前にギルドへと到着した。受付に顔を出すと、昨日対応してくれた女性職員が声をかけてくれる。

「あ、アルフさん、お待ちしておりました。昨日もお伝えしましたが、本日同席させて頂くのは、ギルドマスターと私、ローザになります。よろしくお願い致します」

「ああ、よろしく頼む」

俺がそう答えてから受付で待っていると、ギルドマスターのマッハが奥の通路から出てきて、手を上げて挨拶してくる。

「よく来たな。まあ、昨日も言ったがダメもとだからな。ただ、こうした場が設けられたってことは交渉《こうしょう》の余地《よち》はあるかもしれん」

マッハはそう言うと、俺とローザを依頼者の待つ相談室の前まで連れてきた。

「では、よろしくお願いしますね」

ローザがそう言ってドアを開けて部屋に入る。俺も続くと、ソファに座る一人の女性の姿が俺の目に飛び込んできた。

少し俯いているせいで顔がはっきりと見えないが、薄い栗色《くりいろ》のショートボブの髪型と、漂う雰囲気からして、聞いていた通りやはり若い女性なのだと再認識する。

「マリエルさん、こちらの方が昨日お話ししたBランク冒険者のアルフさんです。彼は現在ソロで活動をされているのですが、諸事情により今回の依頼を引き受けてもいいと言われています」

その言葉を聞いて、マリエルと呼ばれた女性はゆっくりと俺の方へと顔を向ける。顔が緊張《きんちょう》から強張《こわば》っているのが見てとれた。

「とりあえず座って話をしましょう」

進行役となったローザが俺とマッハをソファへと促し、自らはお茶の準備をする。

マッハと共に座った俺は、緊張した様子の彼女を前にして出来るだけ威圧感《いあっかん》を出さないように気をつけながら自己紹介をすることにした。

「今、紹介にあった冒険者のアルフだ。冒険者ランクはB。基本的にはソロで活動しているので身軽だが、見た通り男だから今回の依頼条件である『パーティー内に女性がいる』には不適合だ。条件の再検討を願いたい」

マリエルはおそらくギルドから事前に条件緩和の打診《だしん》は受けていたとは思われるが、やはり本人を前にして迷っているようだった。

「どうかね？　今、出している君の依頼条件ではなかなか引き受けてくれる人は現れないのが現実だ。多少の妥協は必要だと思うのだが？」

同席していたマッハの言葉に対して、マリエルが「やっぱりそうですよね」と呟くのが聞こえた。

しかし、それから黙ってしまう。

「ふうむ。どうしたものか」

気分を変えようとしたローザが「新しいお茶を淹れますね」と言って部屋のドアを開けると、何かが飛び込んでくるのが見えた。

「え？」

戸惑った様子のローザの前には「なーご」と鳴く猫の姿があった。

「あ、コトラじゃないか。外で待っているように言ったのに、遅いから迎えに来たのか？」

ちょこんと座ったコトラは、俺の声を聞くとぴょんと跳び上がり俺の膝の上に乗ってくる。

「びっくりさせてすまない。俺の使い獣魔のコトラだ。いきなり暴れるなんてことはないから安心してくれ」

俺の言葉にマッハとローザが頷くのが見える。

「――猫さん。かわいい」

沈黙していたマリエルがコトラを見て、ふいにそう呟く。

「ああ、猫が好きなのか？」

先ほどまで暗い表情をしていたマリエルだったが、コトラを見てぱっと表情を輝かせながら俺の問いに頷いた。

「触ってみるか？」

「いいのですか？」

「気性《きしょう》は穏やかだから大丈夫だ。ああ、だが尻尾だけは掴まないようにしてくれよ。ほら、コトラ。彼女の横に行ってみろ」

「にゃう」

俺の命令にコトラは鳴いて返事をして、マリエルの横に向けてぴょんと跳び移る。そのままそこで丸まってくつろいだ。

「では失礼して……。うわぁ、ふわふわの毛並《けな》みですね」

依頼のことを忘れたように、マリエルはずっとコトラの身体を撫でている。

「なーご」

じっくり数分ほどコトラを撫でてから、突然マリエルが俺に聞いてきた。

「あの……。どうして、こんなに条件のよくない依頼を受けてくれようとしたのでしょうか？」

コトラを撫でたことで緊張が解《ほぐ》れたのか、先ほどより口調がしっかりとしている。特に隠すこともないので、俺は正直に答える。

「元々、知り合いのシスターからの配達依頼で、ポンドール国のセントラドに行く予定だったんだ。だが、ただ行くだけでは路銀《ろぎん》がかかる。しかし護衛依頼であればその分が浮くだけでなく報酬まで出る。それに、今回の目的地はマイルーンだが、セントラドの町にも寄ることになるだろうから問題ないと判断したわけだ」

「シスターさんの依頼でセントラドに届け物……。ですか」

「ああ、恩人からの頼まれごとなんでな。とはいえ、町に寄ったついでに少しだけ届け物をする時間さえくれれば、すぐにマイルーンまでの護衛に戻ることが出来る」

俺の言葉を受けてまた考え込むマリエルだったが、横で丸まるコトラに目をやってからもう一つ質問をする。

「あの……。今回の旅にこの猫さんはついてくるのでしょうか？」

「ん？　ああ、もちろん。俺の使い獣魔だからな」

俺がそう答えると、マリエルは少し表情を明るくして「それならば、お願いをしてもいいでしょうか？」と依頼の了承をしたのだった。

「依頼了承の決め手が猫だとは……」

思わず隣にいたマッハがそう呟くが、俺は聞こえていないふりをしながら笑顔で依頼契約締結《ていけつ》の握手を彼女と交わしたのだった。

「――どうやら決まったようだな。それじゃあ手続きはローザと進めてくれ。かなり遠方への旅になるから、くれぐれも準備を怠《おこた》らないようにな」

マッハはそう言うと、ローザにも「後は頼む」と声をかけてから部屋を出ていった。

「では、依頼と報酬について確認致しますので、こちらの書類を読まれてから、各自とも署名《しょめい》をお願いします」

ローザがそう言って俺たちの前に書類を広げる。書類に目を通そうとしたところで、マリエルが思い出したように声を上げた。

「すみません、自己紹介がまだでしたね。マリエルといいます。知り合いからはマリーと呼ばれることが多かったので、そう呼んでもらえると嬉しいです。歳は……十七歳になります」

「マリエルさん……いえマリーさんだな。俺のことはアルフと呼んでくれたらいい」

「アルフさんですね。分かりました」

マリーの年齢は俺より十歳以上も下。とはいえ、依頼主と受注者の関係を考えれば呼び方はさん付けが適当だろう。

「ギルドから聞いている依頼は『マイルーン農業国の首都までの護衛』となっているが間違いないな？」

「はい。ただ、依頼を出してから今日までに少しばかり時間がかかってしまいましたので、本来お支払いするべき報酬額の金貨が不足しておりまして……。商品として売る物はありますので、途中の町や村で商売をして稼いだお金で、残りの報酬のお支払いをさせて頂きたいのです」

マリーは申し訳なさそうにしゅんとした表情でそう話した。俺は笑顔を見せながら答える。

「その程度のことなら別に構わない。どうせ俺も一緒にマイルーンへ行くことになるんだからな。向こうに着いた時点で報酬をもらえれば問題ない。そもそも成功報酬なんだろ？」

「本当ですか⁉　ありがとうございます」

俺が了承すると、マリーは安心した表情でお礼を言ってきた。

「では、依頼の手数料のみギルドに納めて頂きまして、残りは依頼の達成時に現地にてお支払いという旨、契約書に記載《きさい》させて頂きますね。ただ、今回は他国での依頼完了となり、こちらには戻らないとのことですので、完了時の最終支払いに関してはお二人の責任でお願いしますね」

ローザはそう言って契約書に追加の事項を書き加えてくれた。

「――これで本ギルドでの契約は完了ですので、マリエルさんはギルドに規定の依頼手数料を納めてください。出発の時間などは双方《そうほう》で調整してもらって結構です。この後に話をされるのであればこの部屋を使われてもいいですが、退出される際には受付に一言お願いします」

ローザはそう言ってお辞儀をすると、書類を片手に部屋から出ていった。

「部屋を使っていいと言うのなら、お言葉に甘えさせてもらおうか。今、この場で決められることだけでも決めておこう」

俺はそう言うと、マリーの前に準備しておいた地図を広げ、大まかな移動時間を書いたメモを横に置く。

「確認になるが、ここがエンダーラ王国のキロトンの町だ。ここから目的地となるマイルーン農業国へ行くには、途中でポンドール国を通過しなければならない。それぞれの国ごとにいくつかの町や村に立ち寄りながら進むが、距離的に野営をしなきゃならない時もある。これはいいな？」

「はい。以前にも父と行商をしていた時に何度か野営経験はありますので、大丈夫だと思います」

「そうか。ならばいいが、念のため必要な物の確認だけは忘れずにしておくことだな。次に……」

俺には商隊の護衛経験はないが、冒険者として旅をしていた経験なら人一倍ある。そこに護《まも》るべき対象を加えた護衛計画を頭に描きながら、一つずつマリーと確認を重ねていった。

「――こんなところで大丈夫だと思うが、君から見て何か気になることはあるか？」

「今の時点では特にありませんが、もし何か思いついたことがあればその都度《つど》お伝えしたいと思います」

「分かった。それで頼む」

これから見知らぬ相手と長期の旅に出ることに不安はあるはずだ。それでも気丈《きじょう》に振る舞うマリーを見て俺は感心するのだった。

「——明日、出発されるのですね」

宿に戻った俺は宿泊の礼をするためマーレ夫人のもとに顔を出していた。

「ああ。もともとセントラドへ向かう予定だったんだが、ちょうどその先にあるマイルーン農業国へ向かう商人が護衛を募集《ぼしゅう》していたんだよ。急ですまないな。温泉、凄くよかった。またこの町に来たら寄らせてもらうよ」

「こちらこそ、娘を助けてもらったお礼を十分に返せないまま見送るのは心苦しいです。ただ、この町も冒険者の仕事は減っていると聞いております。確かマイルーンならまだ畑を荒らす害獣《がいじゅう》退治の仕事などがあると耳にしました。いい選択になることを願っております」

マーレはそんな風にとても残念がってくれた。

「——よう。明日、町を出るんだって?」

食事をとっていると、どこから聞きつけてきたのか、そんなことを言いながらコネンが現れた。

エールの入ったジョッキを片手に、どかりと正面の椅子に座った。

「これでキンキンに冷えた美味いエールも飲み納めか。至極《しごく》残念だ」

コネンはそう言って手にしたジョッキを俺の前に突き出してくる。

「まったく、その図々《ずうずう》しさにはいっそ尊敬の念すら湧くよ」

俺はため息をつきながらも、コネンのジョッキにさりげなく手をかざしてエールを冷やしてやる。

「へへっ、すまねぇな。しかし、よくこの時期にちょうどよく依頼にありつけたもんだ。だが、護衛料はそう高くはないんだよな？」

「まあ、確かに報酬額は決して高くはないが、ちょうど同じ方向へ向かう予定だったからな。路銀が浮くだけでもありがたいと思うさ」

「そうか。まあ気をつけて行くことだ。前にも言ったが、ポンドール国のあたりでは盗賊団が勢力を拡大しているようだからな」

「『闇夜の宴』だったよな？　どんな盗賊団なんだ？」

「俺もよくは知らないが、古《いにしえ》の魔道具を使って商人の馬車を襲っているって話だ。その魔道具がどんな物かは分かってねぇ。もしかしたらポンドールの王都ギルドあたりなら把握してるかもしれねぇがな」

「ポンドール王都のギルドか……。分かった、気に留めておくよ」

俺がそう答えると、コネンは懐から一本の瓶《びん》を取り出してテーブルに置いた。

「毒消《どくけ》し薬だ。お前さんも冒険者なら当然知っているだろうが、獣にも植物にも毒を持つ奴はいる。それこそ盗賊だって毒を使ってくるかもしれない。こういった備《そな》えがあるとより安心して旅が出来るってもんだ。何度もエールを美味く飲ませてもらったささやかな礼だ。とっておきな」

「ああ、助かる。こういった物は使わないにこしたことはないが、何かあった時にはないと困るからな。ありがたくもらっておくよ」

実際のところ俺は解毒《げどく》の魔法も使えるのだが、何か問題が起きて魔法が使えない場合だってある。ありがたい餞別《せんべつ》だった。俺はコネンに礼を言って出された薬瓶を鞄に仕舞い込む。

そして俺は「それじゃあ明日は早いからこれで失礼するよ」と声をかけて先に席を立ったが、目の前には満面の笑みを浮かべたコネンの掲《かか》げるジョッキがあった。

「ちょっと待った、最後にもう一杯頼むわ」

「それはいいが、あまり飲みすぎるなよ」

俺はそのジョッキに手をかざして冷やしてやると、手をあげて挨拶をして、自分の部屋へと戻った。

「マイルーン農業国か……。長丁場《ながちょうば》だが、ゆったりとした馬車での旅は初めてだし、途中のポンドールではゴリン酒も飲めるだろう。楽しみだ」

その夜は、ようやく国を出る算段《さんだん》がついた喜びと、新たな旅への期待から、年甲斐《としがい》もなく興奮してなかなか寝付けなかった。

7

次の日の朝、約束の時間になると宿の前の広場にはマリーが幌《ほろ》付き馬車で迎えに来ていた。

「おはようございます。今日からよろしくお願いします」

笑顔で挨拶をしてくるマリーに俺も手を上げて「こちらこそ」と答える。

「荷物は本当にそれだけですか？」

マリーは、護衛任務だというのに鞄一つの軽装《けいそう》で、武器を持たない俺を見て心配になったのか、そう聞いてきた。

「ああ、必要な物はこの中に全て入っているからな」

そう言ってポンポンと肩掛け鞄を軽く叩いて笑うと、マリーは尋ねてくる。

「その鞄はもしかして魔法鞄なのですか？」

「これから暫く一緒に旅をするんだ。隠しても仕方がないから話しておくが、あまり人前では言わないようにしてくれると助かるよ。まあ、それなりの量は入るから、壊れやすい物なんかは預かる。遠慮なく言ってくれ」

そう言いながら、俺はすぐに使えるように剣を取り出して腰にぶら下げておく。

「ありがとうございます。でも、羨ましいです。高級品でなかなか手に入らない魔法鞄を持つことは、商人にとっては成功の証《あかし》の一つですから」

マリーはそう言ってから御者台へと上り、俺に声をかけてくる。

「アルフさん。この馬車は基本的には荷物を乗せて走る構造《こうぞう》になっているので、もう一人乗る場合は荷物をつめてスペースを空けるか、御者席に二人並んで乗るしかないのですけど、どちらにしますか？」

マリーも慣れない相手と肩を並べて移動するのは気疲れするだろうと思い、俺は答える。

「俺は後ろの荷台《にだい》で大丈夫だ。荷物の一部を魔法鞄に入れておけば座る場所は確保出来るはずだ。後方に危険がないかは俺が見ておくから前方はマリーさんが見てくれ。念のためにコトラを傍に控えさせておくから心配ないだろう」

「分かりました。では、それでお願いします」

マリーの了承を得た俺は、荷台に上がると、大容量の魔法鞄に見せかけた収納魔法に荷物を入れ込む。そして自分が座る場所を確保すると、コトラにマリーの傍に控えるよう指示を出す。

「では、出発しますね」

マリーは告げると馬車をゆっくりと走らせ始める。

少しして、外壁門に着く。

「――止まれ。通行確認を行うので通行証の提示をするように」

個人の場合は比較的簡単に出入り出来る外壁門も、商人の馬車などは正式な通行証がなければ検《けん》査《さ》等で相当な時間がかかるらしい。マリーも受付で通行証の提示と相応《そうおう》の通行料を納めて許可をもらっていた。

「今からポンドールへ向かうのか。だったら国境《こっきょう》を越えてすぐのセントラドの町で一泊するといい。最近は魔王討伐の影響で魔物などの報告は落ち着いているようだが、それに反して盗賊の目撃《もくげき》情報が増えてきているようだ。護衛の君もBランクとはいえ一人では限界もあるだろう。決して無理はするんじゃないぞ」

受付が終わった俺たちに、門兵がそう声をかけて見送ってくれる。

「分かりました。ありがとうございます」

マリーはそう門兵にお礼を言うと「行きますね」と馬車を走らせ、キロトンの町を出発したのだった。

「とりあえず、今後の予定のすり合わせをしておこうか」

御者席と荷台とは距離が近いので、馬車を走らせながらでも会話は十分に成立する。

「このまま街道を進めば国境《こっきょう》の砦《とりで》を越えたあたりに町がある。キロトンの門兵も言っていたが、今日はそこまで進んで町に泊まる方がいいだろう。盗賊の話もあったし、野営時に多人数で来られたら、マリーさんはともかく、馬や荷物まで守りきれる保証はないからな」

「ポンドール国境の町、セントラドですね。せっかくなので、少し商売をしたいです。アルフさんも届け物があるのですよね？　数日ほど滞在しても構いませんか？」

マリーは俺が依頼の際に言っていたことをしっかりと覚えていたらしく、俺の用事にも気を配ってくれた。

「俺の方はマリーさんの用事が済んでからで大丈夫だが……国をまたぐとはいえ、こんな近隣の町で売れる物を積んでいるのか？」

「町の人たち全員が珍しい物を欲しがるわけじゃないですよ。ごく普通の食料品でも値段と品質《ひんしつ》次第では興味を持ってくれるものです」

「そういうものなのか。俺は商売に関しては詳しくないからな。いろいろと教えてくれると助かる」

「いえ、私もほとんどが父の受け売りですので、人に教えられるほどの知識も経験もありませんよ」

マリーはそう言って謙遜《けんそん》したが、俺に認められたのが嬉しかったのか、正面に向き直る直前に口元が緩んでいるのが見えた。

「――地図によるとこのあたりが休憩場所のようだな」

それから数時間後、俺はキロトンのギルドで手に入れた地図の写《うつ》しを見ながらマリーに声をかけた。彼女はゆっくりと馬車を止める。

そこは街道の傍を小川が並走《へいそう》している場所で、川辺で馬に水を飲ませることが出来るようになっていた。

「風が気持ちいいですね。水も冷たくて気持ちいいです」

マリーは馬に水を与えながら、自らも沢《さわ》で水に手を浸してその感触《かんしょく》を楽しんでいる。

「ついでに私たちも食事にしましょうか」

「ああ、そうするか」

俺が同意すると、マリーは荷台から携帯《けいたい》食料を詰めた箱を取り出す。その中から簡易《かんい》な食事を俺に渡してくれた
「一つ聞いてもいいですか？」

木陰《こかげ》の岩に隣り合って座り食事をとっていると、マリーが俺に話しかけてくる。

「なんだ？」

「あの、ここまで来て今更なんですが、本当に私の護衛依頼を受けてよかったのでしょうか？」

「なぜ、そんなこと聞くんだ？」

「それは……。もともとアルフさんが行きたかったのは今から向かうセントラドの町ですよね。けれど、私の目的地はまだまだ先のマイルーン農業国の首都。しかも片道だし報酬額もそれほど高いわけでもないですし、アルフさんにとって無駄な旅になってしまうのではないですか？」

マリーは不安げな表情で俺にそう問いかけて、下を向いてしまう。

「別に、俺が引き受けてもいいと思ったから受けただけだ。それに、セントラドへの依頼は荷物の配達だけだから、そこに留まる必要はない。マイルーン農業国だろうがニード聖王国《せいおうこく》だろうが、旅さえ出来ればどこだっていいんだ。だから、マリーさんが気にすることじゃないぞ」

「……そうでしたか。ありがとうございます」

マリーはホッとした表情を見せて微笑んでくれた。それを見て俺は思わず呟く。

「それに、親を亡くしたばかりの奴を放っておくわけにもいかないだろうが……」

マリーの両親が亡くなっていることは事前にギルドから聞いていた。それで庇護欲《ひごよく》が湧いたことは否定出来ない。

「何か言われましたか？」

「いや、何も……」

立ち入った話をしたいわけではないので、話題を変えることにする。

「それに、マイルーン農業国って自然豊かで綺麗な国なんだろ？　農業が盛んで果物も豊富だから、そこでしか飲めない美味い果実酒も多いって聞いたことがあるぞ。特にオリブ酒は是非とも飲んでみたい」

酒の飲み歩きは今回の旅の目的の一つだ。酒に関する情報はギルドで真っ先に調べておいたのだが、俺はポンドールのゴリン酒に続いて、マイルーンのオリブ酒も非常に楽しみにしていたのだ。

「お酒……。好きなのですか？」

「ああ、酒場にいる冒険者で酒が嫌いな奴はあまりいないだろう。あれは人生最大の幸福《こうふく》をくれるものと言っても過言《かごん》じゃない」

「そんなにお好きなのに、旅に出てから飲んでいるのを見たことありませんよ？」

「護衛依頼中だしな。危険な町の外で酒を飲むわけにはいかないだろ」

「なるほど、それもそうですね。そういえば、私の父も旅の間は飲みませんでした。商売が上手くいった時は少しだけ飲んでいましたけどね」

そう話すマリーを見て、少しは打ち解けてくれたのかなと思いながら俺は残りの食事をたいらげた。

「さて、そろそろ、出発しましょうか」

食事を終えた俺たちは国境の砦に向かって引き続き馬車を進ませる。だが、もう半時間も進めば砦に辿り着くという場所で、俺が張り巡らせていた探索魔法《たんさくまほう》に反応があった。

「マリーさん。ちょっと馬車を止めてくれ」

「どうされたのですか？」

マリーは俺に言われて馬車を止めると、理由を聞いてくる。

「招かれざる客が来たようだ」

「え？」

「おそらく盗賊の類だと思う。……五人か。囲まれると少しばかり面倒だな。集まっている今のうちに先手を取った方が楽そうだ」

「待ってください。その気配って本当に盗賊なのですか？　他の冒険者たちということはありませんか？」

マリーの言いたいことは分かる。盗賊の出没《しゅつぼつ》情報がギルドから出ていたとはいえ、確かに国境砦のこんな近くで盗賊が出てくるなんて普通では考えにくいのだ。

そんな中で先手を取って攻撃してもよいか、不安に思っているのだろう。

「相手がこちらを害そうとしていることはまず間違いない。視線に殺気が込められているし、こちらの動きを見るためか、先に一人だけ近づいてきた後で仲間と合流するために戻っている。冒険者なら、一人が偵察《ていさつ》に来た時点でこちらがただの行商人だと気付いて声をかけてきているはずだ」

「……凄い。見えてないのにそこまでのことが分かるなんて」

俺は今回の旅において、安全確保のためなら持っている能力を惜《お》しみなく使うと決めていた。俺ほど正確な探索魔法が使える者は、そう多くないだろう。

「とりあえず囲まれるまでに対処するとして。しかし、マリーさんが心配するならばまずは無力化して捕まえることを優先しよう。ただ、マリーさんや馬車に少しでも危険があると判断したら速攻《そっこう》で始末《しまつ》するぞ。ああ、念のためにコトラはこっちに残しておくから、何かあったら頼ってくれ」

コトラは可愛らしい姿をしているが、戦闘時には非常に頼りになるのだ。

俺はマリーが頷くのを確認すると、荷台から飛び降りて「ちょっと行ってくる」と言い残し森へと走っていった。

ザザザッ――。

街道から森の中へと入った俺は、盗賊たちと思われる気配のもとへ一直線に走っていく。

奴らは固まったまま進んでいるようだった。その行く先には、俺たちが本来通るはずの、木々で視界が悪くなる一帯がある。そこで襲撃《しゅうげき》をかける予定なのだろう。

「見えた――」

数分ほどでその気配に追いつく。俺は地形の高い方を確保した上で、奴らの前に姿を見せて呼び止める。

「お前たちは盗賊か？」

「なっ！　い、いつの間にそんなところに！」

盗賊たちに『盗賊か？』と聞いたところで正直に答える馬鹿はいないだろうが、他にいい言葉が思い浮かばず、少々間抜けな問いかけをしてしまった。

「何者だ!?　俺たちのことを追ってきた賞金稼ぎか？」

今の返答でこいつらがまともではないことは確定した。だが、マリーにこいつらを『無力化して捕まえる』と言ってしまったからな。

「ちっ　俺も面倒なことを言ったものだ」

俺はそう小さく呟くと、奴らの斜め上から魔法を唱えながら襲いかかる。

馬車を襲う準備をしていた男たちは、突然のことで動揺し、連携も何もあったものではなかった。

バラバラに攻撃を仕掛けてくる。しかしそんなモノが当たるほど、元勇者の俺の動きは鈍《にぶ》くはなかった。

「くそっ！　なんて素早い奴だ！」

複数人で攻撃してくる盗賊を躱しながら、俺は魔法を放つ。

「火の矢《ファイヤーアロー》」

あまり派手な火魔法を使って森に火がついては不味いと思い、けん制程度の魔法を使う。

「魔法だと!?　こいつ、魔道士なのか！」

「囲め！　魔法を使う隙を与えるな！」

盗賊たちは魔法を警戒し、接近戦へ持ち込もうと俺に向かって直線的に突っ込んでくる。それを視認《しにん》した俺は次の魔法を唱えた。

「落とし穴《フリーフォール》」

俺の目の前に突然出現した深さ三メートル級の穴に、盗賊たちは次々と飛び込んでいく。全員が穴に落ちていった。

「ぐはっ！」

落下した衝撃で盗賊たちはその場にうずくまり、うめき声を上げる。後から落ちたことでダメージが少ない奴らは立ち上がり、剣を振り回しながら罵声《ばせい》を浴《あ》びせてくる。

「ちくしょう！　ここから出しやがれ！　この卑怯者《ひきょうもの》！」

俺はそれに構わず攻撃魔法を放ち、盗賊たちを無力化する。

しかし手加減したからか、リーダーらしき男が一人、満身創痍《まんしんそうい》の状態で穴から這《は》い上がってきた。

俺は腰から剣を抜き、穴から出てきた男と対峙する。

「死にたくなかったら、おとなしく捕まった方が身のためだぞ」

「貴様《きさま》！　なんだっていうんだ。これだけの魔法を使いこなす化け者護衛なんてこのあたりの町にはいないはずだろうが！」

どうにか逃げることは出来ないかとこちらの動きを観察しているようだ。

「抵抗しても痛い目に遭うだけだぞ」

「うるせぇ！　これでもくらえ！」

その男は懐から何かを取り出すと、俺にめがけて投げつけてきた。

「無駄なことを」

俺はそう言って剣でその物体を斬りつけた。

ぼふっ。

すると斬りつけた物体は黒い煙《けむり》を噴出《ふんしゅつ》し、俺の視界を奪う。

「へっ、覚えてろよ！」

黒い煙の向こう側で男の捨て台詞《ぜりふ》が聞こえたので、俺はため息をついて魔法を唱えた。

「植物捕縛《リーフバインド》」

これは土魔法の派生《はせい》魔法で、ツル系の植物を操《あやつ》り対象物を拘束《こうそく》するもの。殺傷力《さっしょうりょく》はほとんどないが、人間の力では振りほどくことの出来ない便利な拘束魔法の一つだった。

シュルルル。

深い森ではないとはいえ、自生《じせい》しているツル植物の数は多かったようだ。それらが魔法によって急成長を遂げ、目標物に対して一斉に向かっていった。

「なっ、なんだこいつらは！　くそっ、絡《から》みついてはずれやしねぇ！」

男の投げた煙幕《えんまく》が消え視界が晴れると、男はツルに絡まり、逆さまに吊《つ》るされていた。

「おいおい、お前がリーダーなんだよな？　手下を置いて逃げるリーダーがいるかよ。呆れた奴だな」

俺は男の前まで歩いていき、収納からナイフを取り出すと男の首元に当てた。

「ひっ、ひぃ！　た、助けてくれ！」

先ほどまでの威勢《いせい》はどこへやら、男は情けない声を上げて命乞《いのちご》いをする。

「お前みたいな奴にはお仕置きをしてやらないとな」

「ひっ、ひいいっ！」

ゾリッ、ゾリッ。

そう言ってゆっくりと頭の毛を剃る俺は、きっと相当な悪人面だったろうな。


「ぶくぶくぶく」

五分後。

盗賊のリーダーらしき男はあまりの恐怖に泡《あわ》をふいて気絶してしまっていた。俺はそいつに睡眠の魔法を施すと、落とし穴に落とした残りの盗賊たちにも同様の魔法をかけ、武器をはぎ取ってから縛り上げた。

「まあ、こんなもんか。さてと、コイツらをどうやって生きたまま衛兵に突きだすかだな。とりあえず、馬車の荷物を収納魔法で仕舞ってからコイツらを荷台に乗せて砦まで行くしかないか」

俺は盗賊たちの拘束状態をもう一度確かめると、マリーが待つ馬車へと走った。

「悪い、待たせたな」

俺の姿を見つけると、マリーは御者台から降りてコトラと一緒に小走りで駆け寄ってくる。

「アルフさん、よかった。無事だったのですね」

「ああ、問題なく片付けてきた……と言いたいが、一つ面倒をかけることになった」

「えっ？」

「このまま街道沿いに数分程度進んだところに盗賊を縛った状態で転がしている。そのまま砦の衛兵に引き渡そうと思っている」

　俺の説明にマリーは戸惑いながらも、状況を把握しようと質問を投げかけてくる。

「えっと、それはつまり……その盗賊を馬車で運ぶってことですか？」

「まあ、それしか方法がないからな。いくら砦まであと少しの距離だとしても、さすがに大人を五人も抱えていくのは無理がありすぎる」

「で、でも馬車は商品が積んであるので、とても五人なんて乗せられないですよ？」

「積んでいる荷物の半分くらいを俺の魔法鞄に入れておいて、砦で盗賊を引き渡してからまた戻せば大丈夫だろ」

「え？　それほどの量を収納出来る魔法鞄なんて聞いたことありませんよ。もし存在したら間違いなく国宝級の魔道具だと思いますけど……」

　俺は思わずマリーから目を逸らし、嘘をつく。異空間収納魔法のことはあまり知られたくないのだ。

「そうなのか？　この魔法鞄は昔潜《もぐ》った遺跡《いせき》で偶然見つけた物なんだが、価値についてはあまり気にしたことはなかった。しかし、それほどの物だったんだな」

　俺の言葉を聞いてマリーはため息をついて指摘《してき》をする。

「アルフさんってしっかりしているようで、そういった方面にはあまり関心がないのですね。でも、やっぱりこのことに関してはあまり人に言わない方がいいですね。そんな物があるなんて知られたらトラブルの原因になりそうですから」

「まあ、そうしてくれると助かるよ。じゃあ話した通り、荷物を預からせてもらうぞ」

俺はマリーが頷くのを確認すると、盗賊たちを乗せるスペースを確保出来るように品物を収納魔法に収めていった。

収納魔法のことを隠すためとはいえ、嘘を重ねていて心苦しいが……まあ仕方ないだろう。

「――ああ、その先を曲がったところで止めてくれ」

馬車の準備を終えたのち、盗賊を転がしておいた場所の近くで馬車を止めてもらい、まだ気絶したままの盗賊たちを荷台へ詰めて乗せる。

「本当に五人も捕まえたのですね」

盗賊たちを見たマリーが驚いた様子でそう呟く。

「まあ、たいしたことのない奴らだったからな」

「……でも、これでこのあたりの他の人たちへの被害がなくなるといいですね」

再び馬車を進めながら、マリーは隣に座る俺にそう言って微笑んだのだった。

それから暫くして、砦の門へ到着すると、マリーが見張りの門兵に話しかけた。

「すみません。街道に出た盗賊を捕らえたのですけど、こちらで引き取って頂けませんか？」

「は？　なんだって!?」

「ですから、キロトンからの街道で盗賊に襲われたのですが、護衛のアルフさんが返り討ちにしましたので、こちらに引き渡そうと連れてきました」

「なんだと？　盗賊が出たとすればすぐに警備隊への連絡をしなければならないのだが……。いや待て、今『引き渡す』と言ったな？　まさか馬車に乗せているのか？」

「はい。馬車の荷台に乗せています」

その言葉を聞いた門兵たちの一人が、確認のために馬車の後ろの幌を開けて中を覗《のぞ》いた。

「た、確かに五名の男が縛られた状態で乗せられています！」

「縛られた状態だと!?　まさか生きて捕らえたのか!?」

受け答えをしてくれていた門兵がこちらを見たので俺は黙って頷いた。

「とりあえず馬車から降ろせ！　手配書《てはいしょ》にある奴らかどうか、確認をする」

「はっ！」

門兵長の指示のもと、盗賊たちが馬車から引きずり降ろされる。

「こ、この顔は!?　頭は禿げているが、バクダじゃないか？　とすると残りの奴らも？」

リーダーの男を見た門兵は、見覚えがある顔に驚きながらそう叫ぶ。

「ちょっと手配書を確認してこい！　コイツはもしかしたらお手柄《てがら》かもしれないぞ！」

どうやらそれなりに有名な盗賊たちだったようで、その場は一気に騒然《そうぜん》となった。

「これは君がやったのだな？　すまないが詳しい話を聞かせてもらわなければならないようだ」

手配書の確認を待つ間に、門兵長を名乗る男が俺の前に来てそう告げる。

「これは大事《おおごと》になりそうですね。時間がかかるようでしたら今日中にセントラドへは到着出来ないかもしれません」

せわしなく走る門兵たちの騒ぎを少し不安げに眺めながら、マリーは俺にそう耳打ちしてきたのだった。


「――しかし、よく五人も生きたままで捕らえられたな。いったいどうやったんだ？」

盗賊の引き渡しの手続きに時間がかかるとのことで、今夜は砦に勤めている者たちが使う宿を提供してもらえることになった。そして、宿に併設《へいせつ》されている食堂で俺は門兵長から事情聴取《じじょうちょうしゅ》を受けていた。

「俺は普通の者より少しばかり周囲の探索能力が高くてな。最近は盗賊たちの活動が活発になっていると聞いていたから、警戒をしていたんだよ」

「それにしたって五人を一人で殺さずに捕まえるとは見事なものだ」

「今回は運がよかっただけだ。しかし、懸賞金《けんしょうきん》が掛かっていたとは思わなかったよ」

「ああ、あいつらは今このあたりを騒がせている盗賊団『闇夜の宴』の関係者なんだ」

「『闇夜の宴』か。名前だけは聞いているが……」

「ああ、魔王が倒されてから魔物が減ったことで、逆に盗賊どもの活動が活発化していてな。その中でも急速に勢力を広げているのが『闇夜の宴』って盗賊団なのさ。これで少しでも情報が掴めれば、追加の報酬があるかもしれんぞ」

門兵長は手にしたエールをグイと飲み干して、ニヤリと笑って話を続ける。

「結論《けつろん》から言わせてもらうと、あの盗賊たちは一人頭《ひとりあたま》で金貨十枚となる。つまり五人だから全部で金貨五十枚だな」

「金貨五十枚だと⁉　それは多すぎないか？」

「『闇夜の宴』については、かなりの被害報告があったにもかかわらず一向に尻尾を掴めなかったからな。本来ならば生死は問わない、むしろ生きて捕まえるなんて無理だと言われていたんだ。それをこんなに簡単に捕まえるとはな」

門兵長は上機嫌《じょうきげん》でエールの追加を注文したと思えば、ふと声を落として話を続ける。

「……ではあるんだが、実は今、この砦には多額の報酬を払える金はないんだ。そもそも、この懸賞金は王家が各地のギルドに払うことを想定してかけられているものでな。盗賊たちを王都へ護送《ごそう》する費用も含まれたものなんだよ」

「それはつまり、俺に王都まで盗賊たちを連れていってギルドに引き渡してから、直に懸賞金をもらってくれということなのか？」

なかなか無茶を言ってくれる。

「いや、さすがにそれは無理だと承知しているが……。ええい、面倒な話はなしで腹を割って話そう」

門兵長は俺の顔を真っ直ぐ見て、二つの選択肢を提示してくれる。

「一つ目は、今話したように自分たちで王都のギルドに引き渡して懸賞金を全額もらうこと。二つ目はここで盗賊たちを引き渡してこちらに全てを任せて謝礼金を受け取ること。ただし、その場合はかなり報酬が減額されるものと思ってくれ。申し訳ないが、今こちらから提案出来るのはその二つの選択肢しかない」

「懸賞金はどのくらい減額されるんだ？」

実質的《じっしつてき》に選択肢はないのと同じだが、一応そのあたりは確認しておきたかった。

「一人頭で金貨六枚が限界だ。つまり五人で金貨三十枚だな」

「まあ、そのぐらいなら妥当な金額じゃないか？　王都に引き渡す時にも相当費用がかかるだろ？」

「すまんな。さっきも言ったが、この砦にそれほど多く金貨を置いていないんだよ。普段は大金など必要ないからな。それに……」

「それに？」

「いや、なんでもない」

「なんだ？　言いかけてやめられると余計に気になるじゃないか」

俺は門兵長の顔色があまりよくないことに気付き、尋ねた。

「実はな……今の国王になってからは、王都にばかり金をかけて地方の町や村、そして国境を守るためにあるここのような砦は冷遇《れいぐう》されていてな。実際に現場で働く者たちがどれだけ不満を言っても取り合ってもらえず、ギリギリの生活を強いられているんだよ」

門兵長が口にしたのは、こともあろうか国王に対する不満だった。

ただ、俺の報酬をケチっただけではなく、国王が国を守る兵にさえ満足に報酬を払っていなかったとは衝撃だ。いずれ追加のお仕置きをしなければならないなと心に決めつつ、言う。

「分かった。では、こうしよう。今回の懸賞金、金貨五十枚のうち王都に引き渡す際にかかる経費が金貨二十枚。俺に支払う金貨は三十枚だが、今この砦にはそれだけの金貨は置いていない、と」

「いや、金貨三十枚はかき集めてなんとか払うが……」

「いいから、最後まで聞けって」

門兵長の言葉を遮《さえぎ》って俺は続ける。

「この砦にはそれだけの金貨は置いていないが、俺たちは先を急いでいる。となれば答えは一つ、俺がもらう報酬額を下げればいい。そうだな、俺は金貨十五枚もらえればいいかな」

「は？」

俺の提案に門兵長は理解が出来ないとばかりに俺に問い返す。

「そうは言っても、残りの金貨十五枚はどうするんだ？　盗賊を王都に護送すれば金貨五十枚はこの砦に支払われるわけだが……」

「そうだな。その金を使って、この砦で働いている人たちに腹いっぱい飯を食べさせてやってくれればいい。ああ、でもあまりハメを外しすぎるなよ。酔って警戒を疎《おろそ》かにされても困るからな」

俺が冗談交じりにそう言うと、門兵長がいきなり涙を流しながら礼を言ってくる。

「すまない。本来ならば部下に施《ほどこ》すのは上司の役目なんだが、立場は上でももらう給金はほとんど変わらなくてな。これで暫くは部下に腹いっぱいの飯を食わせてやれる。本当にありがとう」

門兵長はそう言って俺の手を握ると何度も礼を言っていたが、やがて安心したからかテーブルに突っ伏して寝息を立て始めた。


「お話は済みましたか？」

俺は眠った門兵長を近くにいた別の門兵に預けてその場の支払いも済ませると、別のテーブルで食事をしていたマリーのもとに向かう。

「食事は終わったか？」

「ええ。コトラちゃんもちょうど食べ終わったみたいです」

「なーご」

声を辿ると、テーブルの下でコトラが俺の気配に気づいて返事をする。食事を入れてもらった皿を丁寧に舐めているようだった。

「そうか。よかったな」

コトラは満足した様子でふんふんと鼻を鳴らしてから毛づくろいを始めた。

「ふふふ。可愛い」

マリーはすっかりコトラが気に入ったようで、毛づくろいをする様子に見入っている。

「せっかく宿の手配をしてくれたんだ、ゆっくり休むとするか。ああそうだ、護衛のためにコトラを部屋に連れていくといい」

「え？　本当にいいのですか？」

俺がそう提案すると、マリーは目を輝かせて喜んだ。

「じゃあ、おやすみ。コトラ、マリーさんを頼むぞ」

「にゃう」

コトラの返事を聞いた俺は、案内された部屋でゆっくりと休んだ。

8

そして翌朝、俺たちは門兵長から懸賞金を受け取ると、多くの若い門兵たちに見送られながらセントラドの町へ向けて出発した。

「まさか砦で一泊することになるとは思わなかったな。さて、セントラドではまずマリーさんの用事を片付けようか。俺の用事はその後で十分に間に合うからな」

「ありがとうございます。私の用事を済ませた後も、一日ほど町に留まりますのでアルフさんは自由にしてください」

「すまないな。念のためコトラと一緒にいるようにしてくれ。何か問題が起きたら、コトラを通してすぐ俺に伝わるようにしておく」

俺がそう告げるとマリーは頷き、彼女の用事の詳細を説明してくれた。

「セントラドに着いたら、まずはじめに商業ギルドで商品卸《しょうひんおろし》の許可を取りたいと思っています。行商人が街の商店に品を卸す時に必要なもので、それがなければ商店と取引することが出来ないのです」

「へえ、そんな仕組みがあるのか、マリーさんは物知りだな」

俺が感心していると、マリーは少し照れた様子で言う。

「父の背中をついて回っていましたから。それに、卸でそれなりの量を売らないとアルフさんにお支払いする報酬が足りませんから……」

マリーの言葉を聞いて俺は思い出したように話をする。

「ああ、護衛の報酬に関してだが、今回、俺たちは盗賊たちを捕まえて懸賞金を金貨十五枚受け取ったよな。本来ならば護衛の依頼中に発生した物だから、この報酬は依頼主のマリーさんの物であるとも言える。だが、どうせ受け取る気はないんだろ?」

「当然ですよ。私は馬車で運んだだけですし、それにしたってもともとの荷物をアルフさんが魔法鞄で運んでくれているから出来たことじゃないですか。そんな状態で私が懸賞金を受け取る道理はありませんからね」

「まあ、それでも折半《せっぱん》が妥当だと思うんだが……。まあ、ここで譲り合っていても仕方ないから、この懸賞金は俺がもらうことにする。ただし、それだと俺の気持ちが収まらない。だから、今回のマリーさんの護衛料はそれでチャラにしたいと思う。つまりこれ以上に依頼報酬を支払う必要はないってことだ」

「えっ⁉ そ、そんなのは駄目ですよ」

マリーは慌てて俺の提案を拒否《きょひ》する。

「いいから。俺もそれほど金持ちじゃないが、君もそれほど余裕のある状態じゃないだろう？ 素直に甘えたらいいんだよ」

俺はそう言ってマリーに笑いかけた。

「じゃ、じゃあ商売が上手くいって儲けが出たらお支払いさせてください。もし、もしも上手くいかなかった時は……お言葉に甘えさせてもらってもいいですか？」

どうやらマリーは真面目《まじめ》な性格らしく、一度決めた契約を簡単には変えたくないようだった。

「契約は双方の合意があれば変更してもいいはずだが……。まあ、いいさ。とりあえず、そういうことにしておこうか」

ここで俺が折れないと、いつまで経っても話が平行線《へいこうせん》になるのは火を見るよりも明らかだったので、ひとまず了承しておいた。

「——そろそろ着く頃か？」

それから暫く進んだ後。俺は大まかな地理を頭の中で整理しながらマリーにそう問いかけた。

「はい。予定ではそろそろ外壁が見えてくるはずですので、馬車を停めて少し積荷の整理をしてから行きましょう」

マリーは前方に馬が休憩出来るスペースを探して馬車を停止させた。

砦を出発する際にも、急に荷物が増えていたら盗みでもしたのではないかと兵士たちに不審《ふしん》がられそうだったので、盗賊を降ろした後も品物は戻さずに荷車半台分は空けたまま出発していた。ただ、商売をするために町に入るなら、今度は荷物が少なすぎて怪《あや》しまれるかもしれない。

「そうだな。一度、全て出してから今回売らない物は魔法鞄に入れ直しておけば、邪魔にならないだろう」

俺は先に預かった商品を次々と出してから、馬車の荷車へ戻していく。

「ありがとうございます。えっと。あれとこれは預かっておいてもらえますか？」

マリーが指定したのは、どう見ても高値で売れそうな珍しい品物ばかりだ。

「今から行くあたりは治安《ちあん》があまりよくないのか？」

「え？　どうしてですか？」

「いや、高値のつきそうな品物ばかりを仕舞おうとするから」

「ああ、なるほど。収納してもらった商品は、セントラドで売るよりも王都で売った方が高く売れるかなと思いまして。前もって仕入れた情報によると、セントラドでは装飾品《そうしょくひん》よりも日用雑貨《にちようざっか》や食料品の方が捌きやすいようなのです」

「なるほど、情報収集の成果って奴だな」

「えへへ、商機《しょうき》はちゃんと掴まないとですよね」

マリーは荷物整理の終わった荷車の幌を閉めて御者台に上り、俺に出発の合図をしてから「さあ、もうひと頑張りですよ」と手綱《たづな》を引いた。


それから少し進んだ頃。登り坂を越えたあたりから左右の木々が少しずつまばらになり、広がりを見せたと思ったら遠くに外壁が見えてきた。

「あれがセントラドの町ですね。ギルドの情報だと、今は魔王軍が討伐されてから商隊の往来《おうらい》も安定してきているので、他国からの馬車でも問題なく受け入れてくれるようです」

「そうか。それは安心だな。……そういえばマリーさんは、セントラドに来るのは初めてじゃないんだよな？」

「はい。幼い頃に来たことはあるはずなのですが……でもよく覚えていなくて、正直ドキドキしています。あ、もしかしてアルフさんも初めてじゃないのですか？」

「旅の途中でこの付近を通ったことはあったが、町に入るのは初めてだな」

「どうして近くまで来て、町へ行かなかったのですか？」

「その時は急ぎの依頼があったからな。お、門に着いたようだぞ」

「ですね。あそこの列に並びましょう」


「――よし、通っていいぞ」

問題なくセントラドに入ることが出来た。

「それではまず、商業ギルドに商品卸の許可を取りに行きましょう」

門を抜けた馬車を操りながらマリーが俺にそう伝えてくる。

俺が頷くとマリーは馬車をゆっくりと進ませて、商業ギルドの裏手にある待機所に停めた。

――からんからん。

ギルドのドアを開けるとドアの鐘《かね》が鳴り、職員と見られる女性がすぐに歩み寄ってくる。

「セントラド商業ギルドへようこそ。ご用件を伺ってもよろしいでしょうか？」

「キロトンの町から行商にて寄らせて頂いた者ですが、馬車の荷の一部を町の商店に卸したいと思っています」

「ああ、卸売販売許可証の発行ですね。少しお待ち頂けますか？」

「はい、大丈夫です。それと卸売に対応した商店の名前と場所を併《あわ》せてお願いします」

ちゃんとした商売ってのは結構面倒なものなんだなと俺が考えていると、書類の準備が出来たようで、ギルドの係がカウンターに来るようにと声をかけてきた。

「お待たせしました。こちらが卸売販売許可証になります。そして、こちらが卸売に対応している商店になります」

提示された紙に書かれていたのは『ブリザ商店』と『ギラマ商店』の二軒《にけん》だけだった。

「この大きさの町で対応した商店が二軒しかないんだな。それでブリザ商店とギラマ商店、どっちの店が良心的《りょうしんてき》なんだ？」

「すみません、私どもギルド職員からはそのあたりのことは言えません。ただ、双方共にクセのある主人だと聞いておりますので、よく話を聞いてから契約をされるといいでしょう」

「ふうん。クセのある……ね」

俺はギルド職員の言葉に含《ふく》みがあるのが気になり、交渉の際には注意しようと決めてギルドを出た。

「うーん、候補が二軒あるのですね。聞いた場所からするとブリザ商店の方が近いようですが、どうしましょうか」

馬車に乗り込みながらマリーがそんな相談をしてきた。

「今ここでどちらが良心的かを話しても結論は出ないだろう？　とりあえず近い方から覗いてみるしかないんじゃないか？」

「それもそうですね」

マリーは頷くと、馬車を目的の商店まで走らせた。

——馬車で進むこと数分。緑の看板に「ブリザ商店」と書かれた文字が見える。

「ここのようだな。ギルド職員の話ではそれぞれにクセのある主人らしいし、商品は売り急がない方がいいだろう。話してみて相場《そうば》よりも安ければ断るのもアリだと思うぞ」

「はい、分かっています。私だって損をしてまで売ったりはしませんよ」

そう言って笑うマリーだったが、俺は念のために売る予定の商品の鑑定《かんてい》をしておいた。

——からん。

「いらっしゃい。商人のブリザです。今日は何が必要ですかな？」

店に入ると、太った中年の男性がカウンターから声をかけてきた。

「商品の卸売り許可を頂いた商人ですが……」

「旅の商人かい？　いい物なら高く買わせてもらうので、商品をお見せください」

いきなり訪れた買い取り依頼でも特に嫌そうな顔はせず、普通の受け応えをする商店主人・ブリザに、マリーはホッと息を吐く。

「いくつかあるのですけど、主に食料品と塩を買って欲しいです」

「ほう、食料品と塩ですか。ちょうど塩の在庫が乏《とぼ》しくなってきていて、そろそろ仕入れようと思っていたところなんですよ」

「それはよかったです」

なんとなく主人のそれは商談における形式的《けいしきてき》なセリフなのではないかと思えた。マリーも同じように思ったようで、笑みを浮かべつつも冷静な様子で商品をカウンターに並べていった。

「ふむ、食料品は乾物《かんぶつ》関係ですな。これでしたらこのくらいの価格でいかがでしょうか？」

「ほぼ相場通りですので、この値段でもいいと思います」

マリーが俺に小声でそう話す。

「食料品はいいとして塩の話はまだだぞ？」

その言葉にマリーは頷くと店主との話に戻る。

「食料品に関してはそれで問題ないと思いますが、塩はどうなるのでしょうか？」

店主はマリーの表情を見ながら少し考えて「一袋《ひとふくろ》あたりこのくらいでいかがでしょうか？」と金額を提示してきた。意外なことにその金額は通常よりも高めの数字だった。ギルド職員は何を危惧《きぐ》していたのだろうか。

「少しばかり相場より高いようですが、理由があるのでしょうか？」

「ほう。若いのに相場をよく勉強されているようですね。理由としてはちょうど塩の在庫を切らしかけていたこともありますが、塩の値段に色をつける代わりに買って頂きたい品物がありまして、今からその交渉をさせてもらおうと思っていたのです」

店主は笑顔のままに店の奥から手のひらに載るくらいの箱を持ってきて、カウンターに置く。

「こちらをご覧ください」

店主は持ってきた箱の蓋《ふた》をゆっくりと開けて、中に入っている物をマリーに見せた。

「綺麗な石……これは何という鉱石《こうせき》なのですか？」

そこに入れられていたのは白く輝く物がちりばめられた石。何らかの鉱石の原石《げんせき》か？

「これは希少価値《きしょうかち》の高いミスリルを多く含む原石であり、これを精錬《せいれん》して加工すれば剣などの能力を上げることが出来るお宝です。この原石は先日買い取った物ですが、王都へ持っていけばここで買った倍すると思われます」

店主はそう一気にまくしたてると核心《かくしん》部分の値段交渉に入った。

「うちがこの鉱石を他の商人から買い取った時の値段が金貨三枚でしたので、うちの儲けを金貨一枚ほど上乗せして金貨四枚でどうでしょうか？　実際にこの鉱石を王都の商店へ持ち込めば、少なくとも金貨八枚にはなると思います。本来ならば私自身が王都で売ればいいのですが、何せ自分のお店がありますので王都へはなかなか足を運べないのですよ」

この男の話を信じるならば金貨四枚で買っても王都まで運べば金貨八枚になるが、うさん臭い話ではある。黙って見守るつもりだったが、少し保険《ほけん》をかけておこうと俺は鉱石の前に立つ。

「ちょっと俺にも見せてもらえるか？」

「ん、何だ？　君は彼女の護衛ではないのか？」

俺は店主が許可を出す前に、鉱石の入れられた箱をひょいと持ち上げる。そしてジッと鉱石を見つめるふりをしながらスキルを使った。

「物質鑑定《ぶっしつかんてい》――」

【クズ鉱石：石灰化《せっかいか》した白い化石《かせき》が混ざっただただの石】

思った以上の酷い結果に、俺は呆《あき》れてものも言えなかった。

「こ、こらっ！　大切な商品をそんなに雑《ざつ》に扱うんじゃない！　もし落として傷でも入ったらどうするんだ！」

本物のミスリル原石ならば落としたくらいで傷など入るはずもないが、慌てた店主は俺の手から奪うように箱を取り上げる。

「まったく、護衛ごときが主人である商人の前に出るとはなっとらんな」

あからさまに俺に対して不満そうな表情を見せたが、それもすぐに切り替えて、マリーには笑顔を作ってクズ鉱石の購入をグイグイと勧めてきた。

「うーん。どうしたらいいのでしょうか？　これを買うと今売った商品代金のほとんど全部を使うことになってしまいます。ただ、どうせこれから王都にも寄るし、それだけの価値があるならば買うのもアリだと思うのですが……」

真剣《しんけん》に悩むマリーに俺はそっと耳打ちをする。

「買うのはやめた方がいい」

「え？」

俺はマリーの肩に手を置いてニコニコと作り笑顔を貼り付けながら店主に言った。

「悪いんだが彼女の持つ予算《よさん》ではそのお宝を買う余裕はない。この話はなかったことにしてくれ」

「なっ⁉　護衛ごときが偉そうに主人の取引に口を挟んでくるとは、身の程を知れ！」

取引を断った途端《とたん》に、それまで穏やかな表情と口調だった店主の態度が豹変《ひょうへん》し、いきなり攻撃的になる。

「ふん。確かに俺は彼女の護衛だが、保護者《ほごしゃ》的な立場でもあるんだよ。そちらの話を信じるならば確かに美味しい商談だが、その石は本当に本物なのか？」

「失礼なことを言う奴だな。そういう態度をとるのなら塩の値段に色はつけられないぞ。いや、それどころか他の取引もやめにしてやろうか」

店主はそう言って俺を睨みつけてくる。穏便に済ませようと思っていたが、そうもいかないようだ。俺はため息をつくと店主の前に立ち、先ほどのクズ石を指差して指摘する。

「この鉱石をどこで手に入れたか知らないが、これに金貨三枚の価値が本当にあるか、商業ギルドで鑑定してもらうか？　もし、本当に価値のある物だったならば言い値《いね》で買い取ろう。だが、もし偽《いつわ》りだったならばその時はギルドに詐欺《さぎ》行為として告発《こくはつ》させてもらおうか」

「なっ⁉　そ、そんなものは必要ない！　信用ある鑑定士に見てもらった証書がある。これが証拠《しょうこ》だ！」

店主はそう叫ぶと、その石がミスリル鉱石の原石であることを証明する鑑定証を机の引き出しから取り出してみせた。

「どうして最初から鑑定証《それ》を出さなかったんだ？　こっちを信用させるには絶対に先に出さなければ駄目な物だろう？」

「わ、忘れていただけだ！　それよりも、これでこの鉱石が本物であると分かっただろう！　偽物扱いした償《つぐな》いはしてもらうぞ！」

店主は立場が逆転したと思い強気な口撃《こうげき》を始めるが、偽物と分かっている俺は全く動じずに言う。

「なるほど、では仮にその証書が偽物だった場合はどうする？　自分も騙《だま》されていましたとでも言うつもりか？」

「なんだと、失礼な！　鑑定士の出した結果を信用しないとはなんて奴だ！」

しつこく食い下がって自分から諦めるのを待ってみたが、どうやら相手にはそのつもりがないと判断した俺は、決定的な一言を店主に告げる。

「――俺は物質鑑定スキルを使える。これが何を意味するか分かるよな？」

「なっ!?　そんな脅《おど》しには乗らんぞ！　ワシは騙されんからな！」

店主はあきらかに動揺して言葉が荒くなっているが、それでもまだ非《ひ》を認めようとはしない。

「ふむ、強情《ごうじょう》だな。では、俺と賭《か》けをするか？」

「賭けだと？」

「ああ。アンタの言い分ではこれはミスリル鉱石の原石。間違いないな？」

「あ、ああ。そうだ」

「俺の知っているミスリル鉱石といえばかなりの硬度《こうど》を有している鉱石で、その硬度は鋼《はがね》の十倍、鉄と比べれば百倍とも言われている。原石といえども到底、鉄の剣で斬ったくらいでは傷もつかないはず」

「それで、何が言いたい？　その腰にさげている剣で試し切りでもしてみるつもりか？」

この店主は剣で鉱石を斬ると刃こぼれを起こすので、自前の剣で試すことは出来ないと判断して煽《あお》ってきたのだ。

「なんだ、えらく察しがいいじゃないか。その通りだよ。もし、鉱石に傷もつかずに剣が欠《か》けたら先ほどの言い値の三倍、金貨十二枚で買い取ろう。ああ、しかし賭けの立会人《たちあいにん》が必要だな。ちょうど向かいに酒場があるようだから、そこの客に立会人となってもらうとするか」

俺はそう言って鉱石の入った箱を抱えてそのまま店を出ていこうとする。まさか俺が本気とは思っていなかったようで、店主は慌てた様子になる。

「ま、ま、待て。勝手に決めるんじゃない！」

「あれ？　それじゃあこの鉱石は偽物だと認めるのか？　俺としてはそれでも構わないが」

「そうじゃない！　少し待てと言っているだろうが！」

店主は俺が抱えていた鉱石の入った箱を奪い取ると「準備をしてくるから少し待ってろ」と言っ

て店の奥に入っていった。

「やれやれ、何か細工《さいく》でもしてくる気かな？」

俺がため息をついていると、マリーが心配そうな表情で俺の顔を覗き込んでくる。

「あの。本当に大丈夫なのでしょうか？　たとえあの鉱石が偽物だとしても剣で斬れるものではないと思うのですが……」

「まあ、ここは俺に任せてくれ。あまりにあくどい商売をしていると痛い目に遭うということを、知っておいてもらわないとな」

俺がマリーにそう告げた時、店の奥から店主が現れ「ふん。泣きを見るなよ」と言い捨てて向かいの酒場へ向かっていった。

――からん。

酒場の中は盛況《せいきょう》で、多くの者が気の合う仲間と酒を酌《く》み交わしていた。

「いらっしゃいませ！　空いているお席にどうぞ！」

店員の明るい声が響き、思わず一杯飲みたくなるのを我慢して、俺は商店の主人と一緒にカウンターへと向かう。

「ブリザの旦那《だんな》じゃないか。こんな時間に顔を見せるとは珍しいな」

さすがに向かいの店の主人とは顔見知りだろうと見ていたが、想像通りだったようだ。

「この酒場のご主人ですね？　俺は冒険者のアルフといいます。今から彼の店で売っていた鉱石の真贋《しんがん》について賭けをするので、場所を提供して頂きたい」

「賭けだと？　旦那、また何かやらかしたのか？」

「やかましい！　こいつがワシの店の商品にケチをつけるのが悪いのだ！」

「やれやれ、まあ、見世物《みせもの》としては面白いがな」

酒場の店主はそう言って店の中央にあるテーブルを片付けてくれる。

「で、どんな内容なんだ？」

酒場の店主の問いかけに俺が内容を話す。

「彼の店で売っていた鉱石がミスリル原石であると証明出来る根拠が欲しいと思ってな」

俺はそう言って腰にぶらさげた剣をゆっくりと抜く。

「この剣はその辺でも売っているレベルの普通の鉄剣《てっけん》だ。ミスリル原石を斬りつけたら刃こぼれして使い物にならなくなるだろう」

「ふうん。よく分からんが、ミスリル原石が欠けたらお前さんの勝ち。剣が欠けたらブリザの旦那の勝ちってことだな？　で、何を賭けるんだ？」

「俺が負けたら、このミスリル原石を金貨十二枚で買い取る。俺が勝ったら、先ほど売る交渉をした商品を倍の値段で買い取ってもらう」

「倍で買い取れだって？　そんな約束した覚えはないぞ！」

「何言っているんだ、こっちは三倍だぞ？　そんなに自信がないのか？　やっぱり偽物——」

「ええい、分かった！　それで受けてやるが、後悔するなよ！」

俺はブリザが腹を決めたようなそぶりをしつつ、口角を僅かに上げるのを見た。彼の持ってきた鉱石を見てその理由に気付く。

「これ？　さっきの物と違います⁉」

横で見ていたマリーも違和感に気づいてそう叫ぶ。

「何を言っているんだ！　これは正真正銘《しょうしんしょうめい》、同じ物だ！」

内心、笑いが出そうになるのを堪《こら》えているのだろう。口元をひくひくさせるブリザを一瞥《いちべつ》すると、俺は鉱石を鑑定する。

【魔鉄鉱石《まてっこうせき》：石灰化した白い化石鉄が混ざった非常に硬い石】

なるほど。ただのクズ石に見た目が似ているが、魔鉄鉱石とすり替えたのか。

「大丈夫だ」

心配するマリーに声をかけた俺は酒場の店主に向き直り、先に断りを入れた。

「今からこのテーブル上にあるミスリル原石をこの剣で斬りつけるが、運が悪ければこのテーブルが壊れてしまうかもしれない」

酒場の店主は俺とブリザを見比べて手をひらひらさせながら言う。

「この勝負に負けた方に弁償《べんしょう》してもらうさ」

酒場の店主の許可が出たところで、突然横から声が上がる。

「おいおい、なんだか面白そうなことをやってるじゃないか！」

声の主は、斜め前のテーブルでジョッキを片手ににやにや笑っている冒険者風の大男。椅子から立ち上がると傍に来て鉱石を眺めたかと思うと、いきなりとんでもないことを言い出した。

「娯楽《ごらく》の少ない酒場でそんな面白そうなことをタダでやるなんて、勿体ないだろうが！　ここはいっちょう俺たちも賭けをしようじゃないか！」

「おおおおお！」

傍観《ぼうかん》していた客たちが彼の言葉を聞いて一斉に立ち上がり、その提案に同調《どうちょう》し始めた。

「賭けの対象はどっちが勝つか！　負けた奴らは勝った奴らにエールを一杯ずつ奢るってことでどうだ！」

「よし！　乗ったぁ！」

「俺はブリザの親父に賭けるぞ！　ミスリル原石が鉄剣で斬れるわけねぇ！」

「なら、俺はこっちの兄ちゃんに賭けるぜ！　これだけ自信を持ってるんだからやってくれると信じてるぞ！」

真剣な勝負を酒飲みの賭けの対象にされたが、これはこれで都合がいい。これだけの人の目があれば、負けた時に言い逃れは出来まい。さて、地獄《じごく》を見るのはどっちかな？

「――では、始めるので少し下がってくれ」

賭けの対象として大勢が見守る中、俺は鉱石の前に立って精神統一《せいしんとういつ》する。それを見て、ブリザがボソッと呟いた。

「あれが斬れるはずない。せいぜい恥をかきな」

その言葉を聞き俺はニヤリと黒い笑みを浮かべると、気づかれないように剣に魔法をかけた。

「斬鉄剣《ざんてつけん》」

魔法の発動と共に一瞬だけ剣が光に覆《おお》われ、次の瞬間には元に戻り普段の見た目になる。これは剣の切れ味を何倍にも高める魔法で、俺の力も合わせれば本物のミスリルにだって傷をつけられるだろう。

「はあっ！」

――キンッ。

俺が上段から真っ直ぐに振り下ろした剣は、その下のテーブルごと鉱石を真っ二つにした。

「ば、ばかな⁉　魔鉄鉱石が鉄の剣で斬れるはずがない！　インチキだ！」

真っ二つになった鉱石とテーブルを見て、青い顔をしたブリザがそう叫ぶ。

ざわざわざわ。

「魔鉄鉱石だと？　ミスリル原石と言ってなかったか？」

周りで見物していたギャラリーたちも、ブリザの失言《しつげん》を聞き逃すはずもなく白い眼を彼に向ける。

「これは、どういうことだ？」

酒場の店主が青くなっているブリザに詰め寄ると、彼は慌てて言葉を濁《にご》した。

「これは何かの間違いだ！　そうだ、ワシが間違った物を持ってきたんだ。ほれ、そこの嬢ちゃんがさっき叫んでいただろ？」

まだ自分の非を認めないブリザだったが、誤魔化すにはさすがにギャラリーの数が多すぎた。

「何ふざけたこと言っているんだ？　詐欺行為を働きやがって。この場には多くの冒険者たちがいるってこと忘れてないよな？　俺たちがギルドに報告するだけで、アンタの店はおしまいになるって分かっているか？」

近くにいた威勢のいい冒険者がそう告げると、言い訳ばかりしていたブリザはがっくりと両膝をついてうなだれたのだった。

「――それでは、約束通りの値段で買い取って頂けますか？」

さすがのマリーもブリザのやり方には不満があったようで、割増《わりまし》料金からびた一文《いちもん》値引きすることなく、約束通りの値段で商品を買い取ってもらう。

「くそう、大赤字だ！」

苦虫《にがむし》を噛《か》み潰《つぶ》したような表情で金貨を出すブリザに、マリーが一言忠告《ちゅうこく》をする。

「商人は正直であることが一番大切だと私は教えられてきました。商品を多少の割増価格で売る手腕《しゅわん》は大切ですが、偽物を高く売りつけようとするのは商人としての信頼を失墜《しっつい》させると思いますので、今後はおやめになった方がいいのではないですか」

「やかましい！　金を受け取ったらさっさと帰れ！　二度と来るんじゃないぞ！」

頭に血が上った商人はマリーの忠告さえ耳に入らなかったようだ。早々に店から追い出され、俺は苦笑いをしながら言う。

「やれやれ、まだ懲りてないようだ。だが、今回の件でギルドや冒険者の間で噂は広がるだろうから、今後はぼったくり商売は出来ないだろう」

「そうですね。やはり商売は正直が一番ですものね」

そう言ってからりと笑うマリーを見て俺も一緒になって笑った。


「――はあっ。緊張しました」

馬車に戻ったマリーは大きく深呼吸をして御者席に座り込んだ。

「今回は仕方ありませんでしたけど、あんな賭けはもうしないでくださいね。私の心臓がもちませんので……」

「ははは。すまん、もうしないさ。だが、今回のことはあの店主にはいい薬になっただろう。ところで、もう一軒の店も寄ってみるのか？」

「はい、寄ってみたいです。先ほどのような店主じゃなければいいのですけど……」

マリーはそう言いながら馬車を走らせた。

「着きました。ここのようですね」

看板を見ると『ギラマ商店』と書いてあるので間違いはなさそうだった。

「じゃあ、入ってみましょう」

馬車を店の横手にある馬車置き場に移動させてから、俺とマリーは店に入っていく。

——カンカラカラ。

少し変わった鐘の音と共に中に入ると、白髪《しらが》の男性がカウンターでガラス製のグラスを磨《みが》いていた。

「いらっしゃい。今日はなんの用件だい？」

威圧的ではないが少々無愛想《ぶあいそう》な挨拶をする主人で、面倒なのか億劫《おっくう》なのか、入ってきた俺たちの方をちらりと見てそう言っただけでまたグラス磨きに戻った。

「私は行商をしている者です。いくつかの品を卸させて頂きたいのですが」

マリーはそう言ってギルドからの卸売販売許可証を提示した。

「ふん、商業ギルドの許可証か。お前さんたち、商業ギルドから来たのならば先にブリザにも寄ってきたんだろう？　向こうの方がギルドに近いから初めて来た行商人は奴の店に必ず先に行くんだよ。そして奴の店で買い取りを拒否されたようなクズ商品を持って、うちに来る奴らの多いこと。お前さんたちもそうなんだろう？」

まあ、この主人の言っていることはよく分かる。いつもいつもブリザ商店の方にいい品を取られていたら、多少おざなりな対応になったとしても仕方ないだろう。

「確かにあなたの言われる通り先にブリザ商店に行きましたし、荷も卸してきました。ですがそれは全体の半分だけで、残りはまだ馬車に積んであります。それらの商品の買い取りをお願いしたいと思っていますが、見て頂けますか？」

「品物はなんだ？」

「乾物《かんぶつ》系の食料品と塩になります」

「現物を持ってこい。あと、奴からいくら引きだした？」

ブリザ商店と同じ物を持ってきたと言った瞬間、店主の目つきが変わり、対抗《たいこう》意識丸出しで迫ってくる。

「全部で金貨八枚ほどです」

品物を運び込みながらマリーがそう答えると、ギラマの店主は品物を睨みながら告げた。

「これだけの品物であいつが金貨八枚支払っただと？　お前さんたちいったい、何をやった？」

店主は相変わらず品物を睨みながら俺たちに問いかける。

「いえ、本来の買い取り価格は金貨四枚でしたが、ちょっとしたトラブルで賭けになりまして。それに勝ったので倍の値段で買ってもらっただけです」

「賭けだと？　そうか！　あの野郎また何かやりやがったな。馬鹿が」

「何か知っているのですか？」

マリーが店主にそう問いかけると彼はため息をついて言う。

「それは、あんたらの方がよく分かっているんじゃあないか？」

「まあ、そうだな」

店主の言葉に俺が返すと、彼はもう一度商品を見て答えた。

「金貨三枚と銀貨五枚だ」

「えっ？」

「ここに並べられている品物の買い取り価格だ。それで納得するなら置いていけ」

店主はぶっきらぼうにそう告げると、品物の横に金貨三枚と銀貨五枚を置いた。

「せっかくなのですが、あまり無理されない方がいいんじゃないですか？」

店主がテーブルに置いた金額を見て、マリーがそう言って店主の顔を見据える。

「先ほどの店では確かに最初金貨四枚で話をしましたが、あれは向こうの店主が駆け引きのために高値《たかね》をつけただけ。この商品の適正価格は金貨二枚と銀貨五枚くらいのはずです。その商品に対して利益のほとんど見込めない金額提示をすれば、このお店か、今回の品を買うお客さんが割を食うことになるはずです」

マリーの指摘に、ギラマの店主は一瞬呆気にとられたようだったが、次の瞬間には口を大きく開けて笑い出した。

「はっはっは。確かに、お嬢さんの言う通りだ」

「適正価格を逸脱《いつだつ》した商売はしたくないんです。前のお店は先に向こうの店主がこちらを騙そうとしていたのをやり込めただけ。きちんとした商売を望まれているのならば、こちらも誠意《せいい》をもって対応したいな、と」

マリーはそう言ってから少し考えて「では、金貨二枚と銀貨八枚でいかがでしょうか？」と金額を提示した。

「ほう。たった今、適正価格を金貨二枚と銀貨五枚と聞いたばかりの俺にそれ以上の金額を言ってくるとはたいしたものだ。とはいえ、ここを訪れる商人が少ないことを考えると妥当ではある……か。いいだろう、その金額で買わせてもらうよ」

ギラマの店主は上機嫌に笑いながら商品の代金をテーブルに置く。

「ありがとうございます。また、この町に行商で来ることがあればこちらの商店を利用させてもらいますね」

「そうかい。それは助かるよ。その時はよろしく頼む」

店主はそう言ってテーブルの上に置かれた商品を奥の棚に仕舞い始めた。


「――しかし、まともな店があってよかったな。あれならば次に来た時も適正価格で買い取ってくれるはずだ。今後、セントラドに来た時にまともな取引の出来る店があるのは商人としてありがたいことだろう？」

「もちろんです。でも、きっと私だけではこんなに上手く話をつけられなかったと思います。本当にありがとうございました」

マリーは笑顔で俺の両手を握ってそうお礼を言った。

「無事に卸も出来ましたので、明日は一日お休みにしたいと思います。ですので、アルフさんも自分の用事を済ませてきてください」

「悪いな。街中とはいえ、護衛が一日中離れてしまうことになって。コトラからずっと離れないでおいてくれよ」

「分かりました。でも、このあたりのお店を見て回るだけですから、心配することもないと思いますが」

馬車で移動しながらそんなやりとりをする俺たち。

シスターアメリアに頼まれた配達物を旧友であるゼノンに届けるため、時間は欲しいと思っていた。だが、丸一日も休みをもらえるとは思っていなかった。

「すまないな。出来るだけ早く片付けて戻ってくるつもりだ」

「そんなに慌てなくて良いのですよ。ところで、アルフさんはお届け物があるんでしたよね？　どなたへのものなんでしょうか？　行き先を知っていた方が何かあった時に連絡がつくかと思って……」

マリーはそう聞いてくる。

「ああ、詳しくは話してなかったか。この町の鍛冶屋に俺の旧友がいるみたいでな。そいつに子供時代の恩師から届け物があるから、会って渡してやろうと思ってるんだ」

「そうでしたか。久しぶりに会うお友達なのですよね？　ゆっくりと食事でもしながらお話しされたらいいと思いますよ」

「すまない。そうさせてもらうよ」

その後、宿をとった俺たちはそれぞれに明日やることを決めてから眠りについた。

9

「おはようございます。今日はお休みですが、夕食までに宿に集合でいいですか？」

「分かった。マリーさんも気をつけて」

朝食後にマリーと別れた俺は商業ギルドへ顔を出す。

「本日のご用件は何でしょうか？」

俺がこの町で一番大きい鍛冶屋の場所を聞くと、ギルドの職員はすぐに答えてくれる。

「それでしたら、トドロキ鍛冶店ですかね。ギルドの前の大通りを歩いて五分ほどのところにあります」

「ありがとう」

俺は目的地が思ったよりも近くにあったことに驚きながら職員にお礼を言うと、教えてもらった店に向かって歩き出した。


歩き出して五分、店に辿り着いた俺は看板を確認する。

「トドロキ鍛冶店か、間違いないな。ここでゼノンが働いているのか？」

俺はなんとなく緊張しながら店のドアを開ける。

「トドロキ鍛冶店へようこそ。本日はどのような物がご入り用ですか？」

中に入ると元気のいい声が店内に響く。

「少し尋ねたいんだが、この店にゼノンという者がいるか？」

「失礼ですがどちら様でしょうか？」

「彼の知り合いでアルフという者だ。少々用があるのだが……」

「少しお待ち頂けますか？　彼は今仕事の最中だと思いますので、時間が取れるか確認してきます」

「よろしく頼む」

俺はそう言って、店員が確認に行っている間に店内に飾られている剣を見て回る。

「ほう、なかなかいい仕事をしているじゃないか。この品質ならば、今の剣が駄目になったらここで買うのもいいかもしれんな」

「お待たせしました。ゼノンはもう少ししたら参りますので、店内でお待ちください」

「ああ、すまない」

店員とのそんなやり取りがあってから暫く剣を眺めていると、奥の部屋から一人の男性が現れた。

「本当にアルフなのか？」

「ゼノン……。だよな？　お前、見違えたぞ」

そこに立っていたのは、孤児院で一緒に暮らした若き日の彼ではない。鍛冶の槌《つち》を打つ腕は太く、たくましい。

「忙しそうだが、久しぶりに会ったんだ。少しだけでも時間が取れるか？」

「そうだな、三十分ほど待ってくれ。今やっている作業に区切りをつけてくるから。それまで、向かいの酒場で待っていてくれ」

「ああ、分かった」

俺はそう答えるとその酒場へ向かった。


「──よう、待たせたな」

それから、三十分を少し過ぎたあたりでゼノンが店に入ってくる。

「本当に久しぶりだな。もうあれから十年になるのか？」

テーブルを挟んで俺の前に座ったゼノンは、当時の悪童《あくどう》の面影《おもかげ》を残したままの顔で笑う。

「そうだな。十五歳で孤児院を出てから一緒のパーティーで冒険していたのに、お前はいつの間にか冒険者を辞めていたんだもんな」

「ああん？　忘れちまったのか？　お前に勇者の素質《そしつ》が発現したから俺が身を引いたんだろうが。あのまま一緒に魔王討伐の旅に出ても、俺は足手《あしで》まといにしかならないって分かっていたからな」

「いや冗談だよ。あの時のことは覚えているさ」

「で、結局。魔王の討伐は果たしたんだろ？　国中で大々的に魔王が討伐されたって話が飛び交っていたから、情報に疎《うと》い俺でも知っているぜ」

あの頃と口調が変わっていないゼノンに懐かしさを感じながらお茶を飲む。

「なんだ？　酒場に来てお茶なんか飲んでいるんじゃねぇぞ。まさか、別れてから酒をやめたってわけじゃないよな？」

「まさか。休みはもらっているものの、護衛依頼の最中だからってだけだ。飲む時には浴びるほど飲むさ」

「ははは。やっぱり根っこが真面目なところは変わってねえみたいだな」

ゼノンは目の前で茶を飲む俺に遠慮せず、店員を呼んでエールを注文する。

「おい、俺の前でエールを頼むとか酷くないか？」

「なら、お前も頼めばいいじゃないか」

ゼノンは悪びれもせずにマイペースで話を進める。

「で、そんな勇者様が、わざわざ俺を訪ねてきて何の用だ？　ただ、顔が見たかったからなんて言わないよな？」

「他の用事もあるが、お前の顔を見に来たってのも確かだぜ？　ああ、ただその前にゼノン。俺のことは他の人の前で勇者と呼ばないで欲しいんだ」

「ん、なぜだ？　世界を救った勇者様がなぜその功績を隠すようなことをする？」

「せっかく自由な生活を始めたというのに、元勇者であると知れたらかなり面倒なことになるだろ？　エンダーラ王国では王家が勇者の情報をあまり国民に開示《かいじ》していなかったから、俺が声高《こわだか》に市民の前で宣言でもしなければ、気付かれないんだよ」

「なんだって？　それは本当か？」

ゼノンが驚いた声を上げた。

「まあ、勇者がその国の王子だったりすれば大々的に宣伝するだろうが、単なる平民の冒険者風情《ふぜい》を下手に祭《まつ》り上げて権力を持たれるのが不満だったんじゃないか？」

「なんだよそれ？　噂だと勇者パーティーのメンバーたちは皆、それぞれの国で多額の報酬と高い地位を与えられたと聞いているぞ？」

「さすがに尾《お》ひれがついているだけじゃないのか？」

「だが、ニード聖王国の大聖女様は対外的にも魔王討伐の成果を大々的に宣伝していて、その祝典《しゅくてん》祭《さい》でも祈りを捧《ささ》げているそうじゃないか」

「まあ、あの国は宗教《しゅうきょう》国家だからな。教会の権力の象徴《しょうちょう》として祭り上げられている面もあるだろうから、彼女も大変だよな」

「違いねぇ。まあ、俺には関係ない話だがな。ははは」

話が一段落したところで、俺は本来の用事を切り出す。

「ゼノン。実は今日会いに来たのは、シスターアメリアからの預かり物を届けに来たからなんだよ」

「シスターアメリアから？　いったい何だ？」

「さあな。だが、彼女が言うには、ゼノンから預かった物を返しておいてくれとのことだったが」

「俺から預かった物？　そんな物あったたか？　俺がシスターアメリアに最後に会ったのは少なくとも七年以上前だぞ？」

「そうなのか？　じゃあこれはいったい何なんだ？」

俺は首を傾《かし》げながら、魔法鞄からアメリアに預かった縦長の箱を取り出してテーブルに置いた。

「何が入っているんだ？」

「俺は聞いていないぞ。ゼノンからの預かり物だと言っていたが」

二人して箱を眺めつつ、お互いに心当たりはないと目で言い合う。

「とりあえず、開けてみればいいんじゃないか？　彼女がゼノンに渡せって言ってたんだからお前が開けて問題ないだろう」

「そうだな。そうするか」

飲みかけのエールを飲み干したゼノンは、その箱の包み紙を破って箱のふたを開け、中を覗き込む。

「これは……酒だよな？」

「そのようだな。お、手紙も入っているぞ。読んでみろ」

ゼノンは酒と一緒に入れられていた手紙を手に取ると、じっくりと目を通した。

「おい、なんて書いてあったんだ？」

「読んでみな」

渡された手紙を、俺は両手で持ってゆっくりと目を通す。そこには見覚えのあるアメリアの柔らかな文字でこう書かれていた。

◆◆◆

ゼノン君へ。元気でやっているでしょうか？

鍛冶師の修業《しゅぎょう》は年単位で続く厳しいものだと聞きますが、自分の道を進めているでしょうか？

現在、本当に久しぶりにアルフ君が私を訪ねてきてくれています。二年前に仕事場が王都の孤児院からキロトンの孤児院に変わり、昔関わった子供たちとはほとんど会うこともなくなった中でのことだったのでとても驚きました。

彼の顔を見て、ふとゼノン君とアルフ君が幼少期に起こした騒ぎの記憶が甦《よみがえ》りました。そして懐かしくなると共にあることを思いつき、これをアルフ君に頼んで届けてもらうことにしたのです。

今回、同梱《どうこん》させてもらった酒瓶。どこかで見たことはありませんか？

お二人も久しぶりに会ったことでしょうから、昔の記憶を肴《さかな》にゆっくりと語り合ってみてはどうでしょうか？

では、また元気な姿で会えることを楽しみにしています。

アメリアより。

◇◇◇

「はあ。こいつは彼女にしてやられたみたいだな。あの時、誰かにこれを買いに行かせて自分はこの手紙を書いていたのか」

この箱を渡された時のことを思い出して俺はそう呟く。

「お前、こいつに見覚えはあるか？」

手紙をテーブルに置いて俺はゼノンの目を見て問いかける。

「ボル酒じゃないか？　確か一本で金貨一枚ほどの高級酒。これが何か……。あっ！」

「お前も気がついたか。そうだよ、この酒は子供の頃、俺たちが盗もうとした酒と同じものだよ」

「そうか！　そうだったよな！」

勢いよく頷いたゼノンだったが、ふと違う疑問を口にした。

「だが、何でシスターアメリアはこんな高い酒を持たせてくれたんだ？　決して孤児院の管理者報酬は高くないだろうに……」

「きっとコツコツと貯めていたお金で買って持たせてくれたんだろう。気を遣わせちまったな」

「しかし、よくそんな昔のことを憶えていたもんだな」

「そりゃあ、それだけ俺たちが心配ばかりかけていたからじゃないか？」

「ははは、そうかもな。あの時の平手打ちは痛かったなぁ。それはそうと、こうしてお互い大人になって酒も飲めるようになったんだ。シスターの言う通り、一杯付き合うのが友情って奴じゃないのか？」

「しかたねぇな。別れてからどういう人生を歩んでいたかを酒の肴に一杯やるか」

「せっかくの酒が不味くなるような話は御免《ごめん》だぜ」

「それは、お互いにな。ははは」

そんな風に言い合いながら俺たちはグラスに酒を注ぎ、乾杯した。

「美味いな」

「ああ、最高だな」

アメリアから依頼された荷物は、旧友と酒を酌み交わしながら昔を語るために彼女が持たせた粋なプレゼントだった。まったく、なんてできた人だ。

「――それじゃあ、またな。シスターには今回のお礼に、孤児院の畑を耕《たがや》すのに使える鍬《くわ》でも打って持っていってみるさ」

「ああ、それは喜ぶだろう。俺もまた町に寄ることがあったら礼をしに行くつもりだ」

久しぶりに旧友と会い楽しい時間を過ごした俺は、気分よく酒場を出た。だが、日が沈むまでにはまだ時間に余裕があったため、近くの雑貨屋を覗いてみることにした。

店はそれほど大きくはないが、棚に王都の雑貨屋にも見劣りしない数の品物が雑多に並べられているのが目に入る。

「すみません。これを頂けますか？」

俺が雑貨の棚を順番に見ていると、棚の反対側から聞き覚えのある声がして、視線を向ける。

「お？　マリーさん。こんなところで会うとは。買い物か？」

「あ、アルフさん。もう、ご用事は済んだのですか？」

「にゃう」

まさかマリーも偶然同じ店で買い物をしているとは、驚きだ。

「ああ、ちょうど終わったばかりだ。まだ宿に帰るには早いと思って寄り道をしたんだが、タイミングがよかったようだ」

「本当に奇遇《きぐう》ですね。あ、少しだけ待ってもらっていいですか？　この店で買いたい物があったので」

「ああ、ゆっくりでいいぞ」

「ありがとうございます」

マリーはそう言って棚からいくつかの商品を手にしてカウンターへと持っていく。


雑貨店でいくつかの買い物をした後、荷物を俺の魔法鞄に仕舞ってから二人と一匹で町を歩く。

この区画《くかく》は食料品を売る店が多い。旅の保存食や多くの果物が並ぶ店の前でマリーの足が止まった。

「いい匂い」

市場に並ぶ果物を順番に見ているマリーを少し後ろに立って眺める。

少しして、彼女はある一つの果物を手にして動きを止めた。

「マリーさん。その果物がどうかしたのか？」

なんだか呆然としているように見えて、俺は心配から声をかけた。

「あ、いえ、大丈夫です。ちょっと昔のことを思い出してしまいまして……」

「そうか、大丈夫ならいいのだが。どこかで少し休憩でもするか？」

大丈夫と言いながらも、マリーは俺の話を上《うわ》の空《そら》で聞いているようだった。俺は気分転換《きぶんてんかん》に近くにあった茶屋《ちゃや》へ彼女を連れていく。

「すみません。気を遣わせてしまって……」

「構わない。ただ、商品の仕入れの時にあんな上の空ではいい物は仕入れられないぞ。話して解決することかは分からないが、もし話すことで少しでも気持ちが晴《は》れるならば、俺でよければいくらでも聞いてやる」

まだ知り合って日が浅い俺に込み入った話をしてくれるとは思えなかったが、どうにも彼女の様子が気になった俺は思い切ってそう言葉をかけた。

「あまり楽しい話ではありませんよ？」

「どんなことでもいい。決して無下《むげ》にはしないと誓おう」

俺の真剣な表情を見て、マリーは少し寂しげな表情でぽつりぽつりと話し始める。

「それは、私がまだ十歳に満たない頃に、父と共に行商の旅をしている途中、ある街で父が仕入れのために果物を見ていた時のことが、今も記憶に強く残っているのです」

マリーはそう前置きをしてから、話を始めた。

◆◆◆

「――おとうさん！　この果物、すごく甘い匂いがするね。美味しいのかな？」

「ああ、それはマンドウという果物だよ。甘くて美味しいらしいけど、高価でなかなか食べられないんだ」

「ふうん。そんなに甘いんだ。おとうさん！　私、この果物を食べてみたい！」

「じゃあ、今度の商売でいつもの倍の儲けを出せたら買ってあげよう。約束だ」

「本当？　おとうさんの腕なら簡単だよね。だって、すごく頑張って働いているんだもん！」

「ははは。マリーのためにお父さん、頑張ってみるよ」

父は無邪気《むじゃき》に笑いながら、脚にしがみついて喜ぶ私の頭を優しく撫でてくれた。しかし、行商馬車の販売で突然儲けを大幅に増やすことはほぼ不可能に近い。私の願いを叶えるため無理に利益を出そうとした父は結果的に損をすることとなり、マンドウの実を買ってもらうどころの話ではなくなってしまった。

「マリー、約束を守ってあげられなくてごめんな。今、あの実を買ってしまったら次の仕入れが出来なくなる。そうなったら、いつもの食事さえ食べられなくなるかもしれない。我慢しておくれ」

「ううっ。おとうさんの嘘つき！　買ってくれるって言ったのに！　私、食べてみたかったのに！

「マリー、ごめんな……ごめんな。ごめんなあ」

ううう、うわーん」

◇◇◇

「わがままを言っている自覚はあったのですが、その時は食べられなかった悲しさが勝ってしまい、大泣きをして父を凄く困らせてしまったんです」

そう言ってマリーは少し俯いたままで話を続けた。

「今回、商店の店主と取引をした際にも、品物の種類や品質、それに見合う値付け。それらが全て噛み合わないと商売は上手くいかないというのが肌《はだ》で感じられて、いかに父が苦労をしながら商売をしていたのか少しは分かるようになったと思います。それで、いっそうあの時の後悔が強くなって……」

マリーはそう言って苦笑いをしながら、運ばれてきた果実水で喉を潤《うるお》した。

「別にいいんじゃないか？　そのくらいのわがままを言っても。お父さんだってそれで怒鳴《どな》りつけるなんてことはしなかっただろう？」

「はい。優しく『ごめんな』と何度も謝ってくれたのを覚えています」

「優しいお父さんだったんだな」

「はい。とても優しくて尊敬出来る父です」

マリーは噛みしめるようにそう言うと、話題を変えるように俺に問いかけてきた。

「そういえば、アルフさんは長く冒険者をされているのですよね？　ご両親はどちらの街に住まれているのですか？」

マリーはただ単に自分に振られた話題を俺に投げ返しただけだったのだろう。気を遣って嘘をつくのも違うと思い、俺は正直に話すことにした。

「両親はいない。幼い頃に事故で亡くして、それからは王都にある孤児院で十五歳まで暮らしていたんだ」

「――ご、ごめんなさい。私、知らなかったから……」

俺の言葉を聞いたマリーは、表情を硬くして謝罪の言葉を口にする。

「別に気にしなくてもいい。こうして自分で生活が出来るまでに育ててもらったのだから。両親が事故で亡くなったことは残念に思っているが、今の自分が不幸だとは思っていないよ」

「アルフさんは強いのですね」

「それだけ歳を重ねたってだけさ」

マリーの表情が先ほどよりよくなったように見えたので、俺は彼女にある提案をしてみる。

「マンドウの実……だったかな？　食べてみるか？」

「え？」

「思い出の果実なんだろ？　一度食べてみたいと思わないか？」

「それは、その……。ですが、高い物ですので……」

「まあ、確かに一人で食べるには勇気のいる価格だが、二人で分けるならいいんじゃないかと思ったんだが……どうだ？」

俺の誘いにマリーは「うーん」と葛藤《かっとう》していたが、やがて俺の顔を窺うように見てからこくりと頷いたのだった。


「――まいど、ありがとうございました」

茶屋を出た俺たちは先ほどの店に戻り、色つやのよさそうなマンドウの実を一つだけ買って広場の長椅子に並んで座った。

「それで、これはどう食べるんだ？」

手のひらいっぱいサイズのマンドウの実は、皮が真っ赤に染まっており、ほのかに甘い匂いを発していた。

「私も食べたことがないのでよく知らないのですが、先ほどの店主の話だと、半分に切ってスプーンですくい上げて食べるのが一般的なのだそうです」

「なるほど、分かった」

――ピッ。

俺はそう言うと、鞄から取り出したナイフでマンドウの実を片手に持ったまま横一文字に一刀《いっとう》両断《りょうだん》した。

「凄い技ですね。一つ間違えば指がなくなりそうですけど……」

マリーは驚いた表情のままそう呟きながら、綺麗に二分割されたマンドウの実を俺から受け取った。

それからマンドウの実をスプーンですくい上げて口へ運ぶと、その美味しさに思わず感嘆《かんたん》の声をあげる。

「――美味しい！」

「確かにこれはなかなかのものだな。値段は張るが金に余裕のある貴族や豪商は好んで買うのだろうな。温かい地域でしか採《と》れないようだし、寒い地方の貴族なんかだと倍の値段でも買うかもしれないな」

マンドウのあまりの美味しさに、俺は商人でもないのにそんなことを口にしていた。

「アルフさんの言われるように、寒い地方へ運ぶことが出来れば高値で捌くことは出来るのですが、この果物は完熟《かんじゅく》した状態で収穫《しゅうかく》するので、あまり日持ちはしないそうなのです」

傷《いた》みやすいとしても、俺の収納に入れておけば劣化は防げる。今後の交渉に使えるかもしれないと俺はマンドウの実をさらに三つも購入した。店主は驚いていた。

「思い切りましたね」

「何かの交渉にでも使えればと思ってな。それよりも、マリーさんのお父さんが言っていた通り、本当に美味しかったな」

「そうですね。あの時は食べられなかったけれど、今こうして食べてみるとあの時食べられなくてよかったと思います」

「どうしてだ？」

「あの時の思い出があるからこそ、こうして今、アルフさんと一緒に食べられたんですから」

「ははは。確かにそうかもしれないな」

すっかり表情に明るさが戻ったマリーを見ながら、俺はほっと胸を撫で下ろしたのだった。


「では、明日から王都に向けて出発しますね」

宿に戻った俺たちは、夕食を食べながら明日の予定について話し合っていた。

「朝一番に冒険者ギルドに寄って情報収集をしてから出ますので、寝坊《ねぼう》は厳禁《げんきん》ですよ」

冒険者ギルドで地図を購入した後、王都に向けて約一日馬車を走らせるという話だった。今日は早く寝るか。

「ああ。マリーもしっかり休むんだぞ。ところで、旅には慣れたか？」

「まだまだですけど、楽しくはあります」

「そうか。ならよかった。道中は俺がしっかり守ってやるから、安心して旅をするといい」

「はい。ありがとうございます」

マリーはそう言って微笑むと、コトラを連れて部屋へと向かった。

10

「おはようございます。では、ギルドに寄って出発したいと思います」

朝食を済ませ、宿を引き払った俺たちは馬車で冒険者ギルドへ向かう。

「昨日も思ったが活気《かっき》にあふれた町だよな。やっぱり魔王が討伐されたからなのか？」

「そうですね。宿で聞いた話によると、魔王討伐の祝典祭が開かれるらしく、それもあって今は人が多いんだそうですよ」

「へー、祝典祭か。お祭りも楽しめるといいが、いつから始まるんだろうか？」

「今晩が前夜祭《ぜんやさい》で、明日から三日間続けて開催《かいさい》されるみたいですね」

「それはなんてタイミングの悪い。もう数日セントラドに滞在するか？」

「あはは。そんなにお祭りが見たいのですか？　それでは、そんなお祭り好きなアルフさんに耳寄《みみよ》りな情報を一つ」

「おっ？　なんだ？」

「今回の祝典祭は国をあげて行うそうなので、今から向かう王都でも開かれるらしいですよ。そして当然ながら、この町で開催される祝典祭よりも盛大《せいだい》なものになるそうなんです」

「そうか、それは楽しみだ。今からすぐにセントラドを出発すれば、前夜祭は間に合わないけれど祝典が開催される初日中には王都に辿り着けるな」

俺がマリーの言葉を聞いて喜んでいると、やがてひときわ目立つ建物の前に到着する。

「このようですね。馬車を停めたら入ってみましょう」

商人であるマリーは商業ギルドにはそれなりに入ることはあるが、冒険者ギルドはその限りではないのだろう。少し緊張した表情をしている。

「冒険者ギルドはどこの地域でもだいたい似たようなものだから、心配することはないよ」

――からんからん。

俺はマリーを連れて第二受付の窓口へと進む。

「本日のご用件をお伺いしてもよろしいでしょうか？」

美人の受付嬢が丁寧に話しかけてきてくれた。俺はマリーに用件を伝えさせる。

こういった場合は雇い主である者が対応するのが常識なので、俺は一歩下がった位置に立ち、彼女を見守ることにしたのだ。

「えっと、私はエンダーラからマイルーンへ向かっている商人ですが、ポンドール王都へ向かう道中の状況と比較的安全に野営出来るポイントを教えて頂きたいです」

「セントラドから王都までのみでよろしいのでしょうか？」

ギルドは冒険者たちから、護衛などで通った道の安全情報等を情報料を払って買い取っており、その雑多な情報の中から信憑性《しんぴょうせい》の高いものを商人や旅をする者へ販売しているのだ。

「はい。王都より先の情報は王都で仕入れたいと思っていますので……」

「分かりました。では、情報料として金貨一枚をお支払いください」

馬車でたった丸一日の距離の情報料で金貨一枚は高い気もするが、逆にその程度の金額で安心を買えるのなら安いとも言える。そのため、実際にほぼ全ての商人や旅人が情報を買っているわけだ。

「商人は大変なんだな。俺みたいな冒険者の旅はいきあたりばったりだし、金がない場合は野営が普通だったからな」

俺の言葉にマリーが答えるより早く、受付嬢が資料をカウンターに並べてマリーに説明を始めた。

「お待たせしました。セントラドから王都への大まかな所要時間の書かれた地図になります。この丸印のついた箇所が休憩ポイント、二重丸がついたこちらとこちらが野営ポイントとなっています。昨日までの情報では街道沿いで獣と遭遇した商隊が二件あるくらいで、盗賊の出没情報は入っておりません。ただ最近『闇夜の宴』という盗賊団が勢力を伸ばしてきているとの情報がありますので、念のため気には留めておいてくださいませ。何か質問はございますか？」

マリーは丁寧にメモを取っていく。

ギルドの提示した地図は持ち帰ることは出来ず、その場で自らの手帳《てちょう》などに写し取る必要があるのだ。

地図はかなり貴重な財産であると言っていい。基本的に国全体が描かれた地図は各国の王城にオリジナルが存在するだけで、ギルドなども莫大《ばくだい》な金銭を支払って模写《もしゃ》したものを保管しているだけなのだ。

「慌てる必要はないからな。しっかり記録するといい」

「――これで大丈夫だと思います」

数十分かけて、マリーは地図の模写と休憩場所などの必要な情報を手帳に描き写し終えた。

「お疲れ様でした。では、地図は回収させて頂きます。あ、念のために注意をしますが地図情報は不用意に他人に見せたり、無断《むだん》で売ったりしないように願います。それに、この情報は今現在のものですので、半月も経てばどうなっているか分かりません」

「分かりました。取り扱いには気をつけます」

マリーはそう言ってペコリとお辞儀をし、席を立った。

「必要な情報も得たことですし、早めに出発をしましょうか。今からならば二箇所ある野営ポイントのうち、王都に近い方まで辿り着けるでしょうから」

「分かった。準備しなくてはならないものは特にないから、いつでも出発していいぞ」

俺とマリーは並んで歩きながら宿へと辿り着くと、宿の主人に挨拶をしてから馬車へ乗り込み、王都へ向かうため門から街道へ出た。

「さて、王都へは丸一日ほどの距離だったな。先ほどのギルドでの話だと道中に数箇所の休憩ポイントと二箇所の野営場所があるそうだが、ちゃんと使えるといいな……」

「ですが、ギルドも金銭を取っているわけですから、間違っていたら信用問題にもなりますし、大丈夫じゃないですか？」

　ギルドが嘘を言っているとは思っていない。ただ、どれだけ情報の精度が高いかは謎だ。

「とりあえず、その情報をもとに休憩場所の状態を見てそこで休むか判断するとしようか」

「そうですね」


　やがてセントラドに近い休憩所に辿り着くと、俺はあたりの地形を確認し安全面に関するメモを取る。

「熱心にメモを取られているのですね」

「まあな、ギルドに売られている情報がどれだけ信用出来るかを確認出来る、いい機会だからな。それに、もし俺たちが集めた情報の方が正確なら、それを売ることだって出来るかもしれない」

「なるほど。それも収入源の一つになる可能性があるってことですよね」

「そうだな。各地を巡っている行商人の情報は、おそらくかなり高値で買い取ってもらえるんじゃないか？」

マリーは俺の傍に来て、どういったポイントを見ればいいのかを聞いてくる。

「水の確保が出来るか、盗賊や獣の襲撃に遭いにくいかだな」

俺の言葉にマリーはあたりを見回して頷く。そこは街道の道幅が広くなっている場所で、すぐ傍を小川が流れているのだが、水深が浅いため馬に水を飲ませるのが容易だった。

「なるほど。確かにこれならばすぐに休憩場所に適していると分かりますね。少し木々のせいで視界が遮られるのが気になりますが、いい場所だと思います」

「そうやって自分で情報を集めておけば、きっと何かの役に立つこともあるだろう」

「そうですね。これからは少し、そういったことにも気を配りたいです」

馬に水を飲ませながらマリーはそう言った。


「それは水筒《すいとう》ですか？」

鞄から水筒を取り出した俺を見て、マリーが声をかけてきた。

「ああ、川の水が澄んでいて美味そうだったから、煮沸《しゃふつ》して飲もうと思ってな」

俺は沢から丁寧に水を汲むと、魔法で沸騰《ふっとう》させたのち、常温にまで冷ます。それから鞄からカップを取り出して別の魔法を唱えた。

「氷結《アイス》――」

カラン。

俺の言葉に魔力が反応して、カップの中に数センチ程度の氷の塊が数個現れる。

トクトクトク。

氷の入ったカップに先ほど煮沸した水を注ぎ、クルクルとカップを横に回して水を冷やす。

以前エールを冷やしたように水そのものを冷たくしてもよかったのだが、今回は氷の塊を出してみた。

「ただの水だがこうすると美味く感じるから不思議だよな。マリーさんも一杯どうだ？」

俺はそう言ってカップをマリーに差し出した。

「いいのですか？　魔法で氷を作るのって大変だと聞いたことがあるのですけど……」

「ははは、それはもっとたくさん出した場合だ。この程度ならばそれほどではないから大丈夫だ」

「そ、そうなのですか？　じゃあお言葉に甘えさせて頂きます」

マリーはそう言ってカップにその小さな口をつけてコクンと水を飲んだ。

「冷たくて美味しいです」

マリーはそう言って、時折カップを回してカラカラと氷の音を楽しみながら全て飲み干していった。

「こんなことなら果実水でも用意しておけばよかったな」

「いえ、そんな。旅の途中で果実水なんて贅沢していたら赤字になってしまいますよ」

マリーはそんな商人らしい発言をすると、カップに溶け残った氷を口に含んでその冷たさに頬をほころばせた。

「アルフさんは優秀な魔道士でもあるのですね」

休憩を終えて王都へ向け出発した馬車の御者台から、マリーが俺にそう言った。

「それほどでもないと思うが、まあ多少修業をしたからな。遺跡《いせき》なんかに入ると水魔法が使えないとかなり大変なんだよ。荷物として水を持ち運ばなければならなくなるからな」

「アルフさんが以前遺跡に行った際にはパーティーを組まれていたのでしょうか？　遺跡とはかなり危険な場所だと認識しているのですが……」

「そうだな、その認識は間違っていないぞ。遺跡には魔物化した獣がうろうろしてやがる。だから入るのならば相応の対策をしなければならない。まあ、俺は一人の方が動きやすかったから、冒険者時代はパーティーを組まないことが多かったな」

「そうなのですね、先日の盗賊たちの件からすると、アルフさんは並のパーティーより腕が立つと思います。もしこのことをギルドで宣伝すれば、他のパーティーからの勧誘《かんゆう》が凄いことになりそうですよね」

「ははは、勘弁してくれ。今の俺はそういったことは考えてないんだよ。それにまずはマリーさんの依頼を完了させるのが最優先事項だからな」

「そう言えば、アルフさんは前にマイルーン農業国に着いたらギルドを通して仕事をされると言われていましたね。暫くは首都に留まるつもりなのでしょうか？」

「仕事次第としか今は言えないな。割のいいものがあれば暫く滞在するが、なければ他の町に移動するかもしれない。もっとも大森林にある遺跡にも興味があるし、その近くに知り合いが住んでいる集落《しゅうらく》もあるからな。顔を見にいくのもいいかもしれないと思っているよ。本当にいきあたりばったりなんだよ、冒険者ってのは」

「大森林の遺跡の近くに集落ってありましたか？　ダクトの町ではないのですよね？」

「ああ、ちょっと特殊な隠《かく》れ家《が》的な村なんだ。村の存在はあまり知られていないから他では話さないでくれると助かる」

「もちろんです。絶対に他人には話しません。それに、遺跡には凄いお宝があるって聞きますよね。あれって本当なのですか？」

「場所によるな。既に攻略しつくされた遺跡だとほとんど何も見つからないだろうし、まだ未踏破《みとうは》の遺跡だと貴重な遺物《いぶつ》が見つかるかもしれない」

「冒険者って夢がある仕事なのですね」

「ははは。確かに夢はあるかもしれないが、夢を追いすぎて死んだ冒険者を俺はたくさん知っている。しっかり地に足をつけて進むことが一番大切だな。まあ、それはどんな職業にも言えることだが」

なんとなく説教のようになってしまったので、俺は少し無理やり別の話題を振るのだった。

——その後も雑談しながら街道を進んでいくと、少し広めの水場が現れた。

「ここが一つ目の野営場所のようだな。今のところあたりに危険はなさそうだが、まだ時間的には早いから次の場所まで進んでみるのもアリだよな。マリーさんはどうしたい？」

「危険がないならばここでの野営でもいいのではないですか？　次の場所まで進んで問題があっても戻ることは出来ませんし……」

「分かった。マリーさんがそう判断したならば、俺はそれに従うだけだ。念のために周辺の安全確認だけはしておくから、馬車を停める位置を決めておいてくれ」

俺はそう言って半径二百メートルの範囲に感知《かんち》の魔法をかけてから、野営の準備に入る。

「馬車の移動が終わりました」

見ると、マリーは馬車を大きめの岩陰に停め、馬を荷車から外していた。

「やり方はお父さんに教えてもらったのか？」

「そうです。野営の時に馬と荷車を繋いだままだと、馬が暴れてしまったら荷車に積んでいる荷物の破損《はそん》にも繋がるし、馬が怪我してしまうこともあると」

マリーはそう言いながら、荷車から外した馬を水辺に連れていくと、浅瀬で水を飲ませる。

「野営は久しぶりです。今日はよく晴れているから夜空が綺麗でしょうね」

ふと、夕焼け空を見上げながらマリーがそんなことを呟いた。

――パチパチパチ。

先ほど起こした焚火《たきび》の音が、静かな街道に溶けていく。

「本来ならば簡易の携帯食での食事になるが、今夜は俺が夕食を振る舞ってやろう」

少し早めに野営準備を始めたため時間にはまだ余裕があるからな。

「アルフさん。料理が出来るのですか？」

マリーがそう聞いてくる。

「冒険者を舐めてもらっちゃあ困るな。冒険者ってのは野営のスペシャリストなんだ。野外で料理の一つや二つ出来ないと、いつも不味い携帯食ばかりになってしまうからな」

俺の言葉にマリーは納得したように頷いた。

「とりあえず、これとこれでいいか」

俺は収納魔法から数種類の肉と野菜と調理器具を取り出すと、手際《てぎわ》よく材料を切り分けて鍋《なべ》に入れていく。

グツグツグツ。

土魔法で簡単に作ったかまどに鍋を置いて、水魔法で食材がひたるくらいの水位まで水を入れる。

それから適宜味付けしつつじっくりと煮込《にこ》んでいった。

「俺が野営の時によく食べるメニューの一つだ。それほど美味くはないかもしれんが、携帯食を食べるよりは数段マシだと思うぞ」

俺はマリーにそう言いながら、出来上がった煮込み料理を器に注いで手渡した。一口食べるなり彼女は声を上げる。

「お、美味しいです。私が普段作る料理よりも……。これって何か特別な材料を使ってないですか？」

「いや、別にその辺で売っている物ばかりだとは思うが……。まあ、こうして野外で食べる温かい料理は、店の中で食べる物より美味く感じるんじゃないか？」

「そうかもしれないですけど、なんか凄く負けた気がしてモヤモヤします」

マリーは悔しそうな表情を見せながらも料理を完食して、「次は私が作りますから絶対に食べてくださいね」と言った。そしてその後、マリーは俺の返事も待たずに食器を片付けてくれた。


寝る支度を済ませてから数時間ほど取り留めのない話をして、そろそろ休もうとした、その時。

ふとマリーは空を見上げ、感嘆の声を上げた。

「うわぁ、やっぱり凄く綺麗な星空！」

「確かに、これは凄いな」

森の中で、木々の間から見える星空はあまりにも美しい。マリーはずっと空を見上げていた。

「こんな森の中でもこれほど綺麗に見えるんだ。何にも邪魔されない一面の平原で見るともっと凄いんだろうな」

魔王討伐の旅でも野営は多く経験したが、空の星をゆっくりと見ることなどなかったと気付く。いかに余裕のない旅だったかを思い知らされる。

「これは、ずっと見ていられますね」

「まあな。だが、明日に響かないようにはしないとな」

俺は星空を見上げるマリーに笑いかけると、早く寝るように促した。

「そうですね。名残惜《なごりお》しいですが、先に休ませてもらいます」

星空を満喫《まんきつ》したマリーは、そう言って焚火の傍に設営したテントの中に入っていく。

それに欠伸をしながらコトラが続いた。

俺は焚火を挟んだ反対側からぼんやりとテントの方を見ながら、これからのことを考える。

大森林の遺跡探索か。のんびり旅を優先するなら、ヒューマに会いにいくのもいいかもしれないな。無口な奴だったが、村に伝わる秘伝《ひでん》の酒の話になると急に饒舌《じょうぜつ》になって俺たちを驚かせたんだっけ……。

長い夜の間、焚火の音だけが鳴っていた。

空が薄《うっす》ら白《しら》みかけようとしていた頃、俺の感知魔法に小さな反応があった。

ガサガサ——。

「角《つの》うさぎか。危険は少ないがせっかくだから捕まえて朝食に出すとしよう」

俺は懐から取り出した小型ナイフに追尾魔法を付与し、角うさぎに向けて投げつける。

キュイ。

俺が投げたナイフは見事に獲物《えもの》の心臓へ刺さり、角うさぎはその場に横たわる。

「よし」

俺はそう呟きながら倒した獲物を回収すると、その腹を開けて内臓を取り出し、血抜きをしてから水魔法で綺麗に洗った。

「あとは皮を剥がして骨と肉を切り離して……。解体《かいたい》スキルは冒険者の必須スキルだよな」

そう呟きながら、綺麗になった角うさぎの肉を魔法鞄に仕舞う。

そろそろ夜が明ける。さて、朝食は何を作ってやろうかな。

俺は焚き火が弱まっていく様子を眺めながら、そんなことを考えた。


「おはようございます」

それから少ししてマリーが起きた。川で顔を洗ってきた彼女に声をかける。

「ああ、おはよう。よく眠れたか？」

「はい。アルフさんのおかげで野営にもかかわらず安心して休めたと思います。ですが、アルフさんはずっと起きていらしたのですよね？　今からでも仮眠《かみん》を取りませんか？」

どうやらマリーは自分だけがゆっくり休めたのが気がかりだったらしく、俺に優しくそう言ってくれた。

「ああ、心配してくれてありがとな。だが、俺は大丈夫だから気にしないでくれ。それよりも朝食の用意でもするか？」

「え？　そんなことは私がやりますから、アルフさんは休んでいてください」

「そうか？　ならばコイツを渡しておくから遠慮なく使ってくれ。見張りをしていた時に運良く獲物が飛び込んできたから捕まえておいたんだ。あ、ちゃんと下処理は済んでいるから切って焼くだけでも十分に食えるはずだぞ」

俺はそう説明をして、魔法鞄から解体済みの角うさぎの肉を取り出して彼女の目の前に置いた。

「こ、これって何の肉なのですか？」

「ん？　角うさぎだが、食ったことないのか？」

「いえ、何度か食べたことはありますが、自分で料理をしたことはなくて……。でも、やってみますね」

マリーはそう言って包丁《ほうちょう》を握りしめた。


「――どうでしたか？」

俺の作った昨夜の食事に対抗意識を燃やしたのか、朝食にもかかわらず豪華《ごうか》な食事が出てきて驚いた。

「ああ、十分に美味かったよ。昨日の話だと『素材の味を楽しむだけ』になると覚悟をしていたんだが、全くそんなことはなかった」

「それって、褒めているのですか？」

「もちろん。旅の途中での食事が美味いとやる気も上がるからな。冒険者パーティーには野営時の食事の準備が苦手なところもあるから、今後護衛を雇う時、食材の提供だけでなく調理も出来れば護衛たちから喜ばれるだろうな」

「なるほど、もっと頑張りますね」

マリーは両手を握ると、そう言って鼻を鳴らしたのだった。


「特に問題がなければ今日の午後にはポンドール王都へ着く予定です。前にも言いましたが、王都ではちょうど祝典祭が開かれているみたいなので、数日間は滞在したいと考えています」

「祝典祭か、楽しみだな」

「そうですね。大きな市でも出ていたら掘《ほ》り出し物があるかもしれませんしね」

そういった話をしながら馬車は順調に街道を進んでいく。やがて道が森の中を右に大きく曲がったかと思うと、急に木々が途切れて視界が一気に広がる。その先に真っ白な高い外壁を備えた王都へ続く道が見えた。

11

「――王都の外壁が見えてきましたので、もう少しですよ」

外壁に近づくにつれて、町の賑わいが音で感じられるようになってくる。

「凄い賑わいですね。外壁で見えなくてもこの音や声を聞くと祭りの様子が目に浮かんでくるようです」

門に着いた俺たちは、規定の通行料を支払って壁の中へ馬車を進ませた。

ヒュー、ドンドンドン。

祝典を彩《いろど》るように鳴り響く音花火に、俺たちの期待は最高潮《さいこうちょう》に高まる。

「うわっ、これは凄い人だな。これだけ人が多かったら馬車での移動は難しいかもしれないな」

「そうですね。先に宿を確保して馬車も預けてしまいましょう」

祭りの人波《ひとなみ》に、馬車での移動を諦めた俺たちは早々に宿屋の確保に走る。

しかし……。

「あー、残念ながら一部屋しか空いてないね。だけど二人部屋だから勘弁してね」

宿屋の主人の言葉に頭を抱える。

祭り開催時の宿屋を甘く見ていたな。

「私は大丈夫ですよ」

そう言って微笑んでくれるマリーに頷き、俺は渋々ながら宿泊の契約をした。

「まあ、俺は酒場で朝まで飲んでいるかもしれないけどな」

俺がそんなふうに軽口を叩くと、マリーは本気で怒ってくる。

「気を遣ってそんなことしたら絶交《ぜっこう》ですよ」

本気で怒るマリーを微笑ましく思ってしまったことは内緒だ。


「それで、これからどうする？　もちろん街に出て祭りを楽しむのは当然だが、何か目的を持って行動しないと、ただ『楽しかった』で終わってしまうぞ。まあ、それでもいいが、せっかく露店がこんなに出てるんだ。商人として勉強しておいた方がいいんじゃないか？」

「そうですね、私も聞いただけですが、花火をはじめ、各商店の売り出しやステージでの催《もよお》しなんかがメインのようでした」

「で、マリーさんはどうしたい？」

俺の言葉にマリーは少し考えてから、いつもより高いテンションで答える。

「市場で掘り出し物を探す！」

「まあ、妥当な行動だな」

「そういうアルフさんはどうするのですか？」

「美味い地酒を見つけて飲む！」

「本当にお酒が好きなのですね」

俺の提案を聞いてマリーは軽くため息をついて笑う。

「駄目か？」

「いいえ、私の買い物が済んだらアルフさんに付き合いますよ」

「よし、そうと決まれば町に出てみようか」

「はい」

俺はそう言うとマリーと共に、祝典祭の中心となっている通りへと足を向けた。

「凄い人混みですね。はぐれないようにしないと」

「そうだな。すまないが手を繋ぐぞ」

「え？」

思ったよりも多くの人の中で、俺はマリーとはぐれないように半ば強引《なかば》に手を繋ぐ。

そしてもう片方の手で前方を指さした。

「向こうに雑貨が売ってある店が見えるからそっちへ行くぞ」

「は、はい」

俺は身長が百八十センチあるので人混みの中でも頭一つ出ているが、マリーは百五十センチくらいしかないので、おそらく周りはあまり見えていないはずだ。

俺は出来るだけ人とぶつからないようにしつつ、目的の店へと彼女を誘導《ゆうどう》する。

「人が多すぎます。とても歩ける状態ではありませんね」

雑貨屋は既に人でごった返しており、とてもではないがゆっくりと買い物をする余裕はない。

「まだ二日間は滞在する予定なので、今日は諦めましょうか」

人混みが相当に苦しかったのか、マリーがギブアップ宣言を出した。

「確かに、今の時間が一番多いのかもしれないからな。無理したって仕方ないし、宿に帰るか」

俺が気を遣ってそう言うと、マリーは申し訳なさそうな顔で返してくる。

「私は宿で休んでいますので、アルフさんは酒場を見てきていいですよ。それに、私はまだお酒を飲んだことがないので、ちょっぴり怖くて」

そういうことなら無理に酒を飲ませるわけにもいかないか。

「本当にそれでいいのか？」

「はい、少し人酔いをしてしまったようなので、コトラちゃんと一緒に休んでいますよ」

「分かった。ならば、お言葉に甘えて俺は酒場を訪ねてみることにするよ」

「はい。是非とも楽しんできてください」

俺はマリーの心遣いに感謝しながら宿に送り届けると、酒場を探して町へと繰《く》り出したのだった。

――ワアアアア。

俺が酒場を探して人混みの中を進んでいると、いきなり斜め前から歓声《かんせい》が聞こえてきた。

「何かイベントが始まったのか？」

背の高さを生かして歓声の上がった方へ顔を向けると、権力者かもしくは有名人でも来ているのか、一段高いステージで誰かが手を振っているのが見えた。

王国で権力者に散々な目に遭わされた俺としては、出来れば貴族などには会いたくない。その場から離れようとしたその時、聞き覚えのある声で名前を呼ばれた。

「アルフ様！」

俺は思わず逃げようと試みるが、一歩遅かった。

「聖印捕縛《ホーリーバインド》」

声の方から放たれた光に触れた俺は、その場で身動きがとれなくなってしまう。そのまますぐに駆け寄ってきた者たちに両側から拘束されたのだった。

「……ふう。逃げないから、この拘束は解いてくれよ」

俺は冒険者ギルドの応接室に連れてこられていた。さらに、拘束魔法がかかったままの状態で椅子に座らされている。

「申し訳ありませんが、この魔法はシューラ様ご本人でなければ解除《かいじょ》出来ないのです。ただいまシューラ様は魔王討伐の祝典祭の挨拶をされています。そちらが済み次第こちらに来られると思いますので、今暫くお待ちください」

大聖女シューラ。魔王討伐時の勇者パーティーの一人で、ニード聖王国の聖女だ。

そう、ステージ上から俺の姿を認め、逃げ出そうとしたところを拘束してきたのは彼女だったのだ。

「しかし、なんだってポンドールの祝典祭にシューラが呼ばれているんだよ。ニードでも祝典祭は開催されているんじゃないのか？」

俺はそんな疑問を口にする。確かにポンドール国はニード聖王国と一部接しているが、祝典祭とはいえ、他国の大聖女を招く力があるとは思えない。

「祝典祭は各国、順番に執《と》り行っています。大聖女シューラ様はそれらの祝典祭、全てに招かれているのです」

「うわっ、それは大変だな」

俺がそう答えた時、部屋に誰かが入ってきたのを感じる。直後、俺を拘束していた魔法が霧散《むさん》する。

「やっと来たか……」

「お久しぶりです。アルフ様。いえ、勇者アルファート様と呼んだ方がいいですか？」

そこには真っ白な布地《ぬのじ》に金の刺繍《ししゅう》が施されたローブを纏った、金髪の美女が立っていた。

ここに来るまではフード付きのコートを羽織《はお》ってきたらしく、脱いだ状態で腕に抱えている。

「元勇者だよ。元。かしこまった話し方はやめてくれ」

もとより美人だった彼女だが、魔王討伐後に大聖女として神への信仰心を高めたことで、聖属性の魔力が増大し、さらに神々《こうごう》しさが増したみたいだ。

「ところで、アルフ様はどうしてポンドールにいらっしゃるのでしょうか？　アルフ様のご出身は大陸最大の国、エンダーラ王国。なれば、魔王討伐の恩賞に莫大な報賞金と貴族の地位を授《さず》けられたと思っておりましたのに。見れば一般の冒険者の装《よそお》い。訳を話して頂けますわよね？」

日頃はまさに聖女といった振る舞いをするシューラだったが、実は怒らせると手が付けられない。

たとえば魔王討伐の旅の途中。俺と重戦士のドドムがつまらないことで喧嘩した際、いさめようとしたシューラに言い返してしまったことがあった。その結果、黒い笑みを浮かべたシューラに拘束魔法で縛り上げられて、二人とも反省するまで木に吊るされたのだった。あの時のことは今でも忘れられない。

先ほどシューラの声を聞いて思わず逃げ出したのは、その時のトラウマがあるからだ。

そんな彼女に嘘などつけるわけもなく、全て正直に話すはめになった。

「――なんですって？　あの無能国王、勇者として魔王討伐を果たした人類の希望であるアルフ様を、たった金貨十枚だけ渡して追放したですって⁉　潰れてしまえばいいのよ、あんな国」

「いや、待ってくれ。確かにあの国王は無能だが、国民が悪いわけじゃない。それに、俺は勇者の任務から解放されてこうして自由に旅が出来ているんだ。俺はもう気にしていないから、このままそっとしておいてくれないか？」

「そういえば魔王討伐の旅の間も、『目立つのは好きじゃないから勇者パーティーであることをあまり喧伝《けんでん》しないでくれ』とよく言っていましたね。本当にあなたは……欲がなさすぎます」

大聖女シューラはため息をついて俺を見る。

「あの時、勇者であるあなたがいなければ、今この大陸中の国は滅《ほろ》んでいたかもしれないのです。確かに勇者パーティーには一流の仲間がいましたが、魔王に対抗出来るのは勇者だけだったことは皆が知る事実です。そんなあなたが冷遇《れいぐう》されているだなんて……憤《いきどお》りしか感じません」

大聖女シューラはそう言って俺の手を取ると、静かに言った。

「ニード聖王国へ来てくれませんか？　あなたが望むなら相応の報酬を準備することが出来ます」

「シューラ。君が本当に俺のことを心配してくれているのはよく分かるんだが、さっきも言ったように今の俺には地位も大金も必要ないんだ。ほどほどの金があって、酒でも飲みながら悠々自適《ゆうゆうじてき》な旅が出来ればそれでいいんだ」

俺はシューラの手を離す。

「せっかくの提案を断ってしまってすまないな。だが、もし俺の力が必要な時は声をかけてくれればすぐに駆け付けてやるよ。なんてったって、魔王討伐で運命を共にした仲間なんだからな」

「アルフ様……」

俺の言葉を聞いて、大聖女シューラはその眼に大粒《おおつぶ》の涙を溜めながらも小さく頷いたのだった。

「――ふう、思ったよりも時間を食ってしまったな」

酒を飲みに行きたいが、あまり遅くなるとマリーに心配をかけることになるし、今日は諦めることにするか。

宿に帰るためにギルドの出口に向かって歩いていると、突然ギルドのドアが乱暴に開く音が響き渡り、数人の冒険者の男女が飛び込んできた。

「た、助けてくれ！」

その先頭にいた男が中に入るなりそう叫んだ。

「ど、どうしました⁉」

近くにいた受付嬢の一人が男に駆け寄りながらそう問いかける。

「ボ、ボアが突然魔物化して仲間に突進してきたんだ！」

そう叫ぶ彼の後ろに、大柄な男に背負われた女性の姿が見えた。

「お願いします！　回復魔法が使える人を至急《しきゅう》手配してください！　早くしないとカレンが！」

「落ち着いてください！　彼女をゆっくりと簡易ベッドに寝かせてください。すぐに教会へ治癒士の派遣を要請しますので！　あと備え付けの回復薬を持ってきてください！」

対応したギルドの受付嬢はおそらく何度もこういった経験があるのであろう。流れるように次々と指示を出していく。帰りそびれた俺はそれを遠巻きに見守っていた。

指示は的確《てきかく》で申し分ないが、傷の様子を見るに回復薬程度ではその場しのぎにしかならないだろう。すぐにでも回復魔法をかけないと間に合わないのではないか？

そう結論を出した俺は、対応していた受付嬢に声をかけた。

「回復魔法なら使えるが、俺が手を出してもいいか？」

「あなたは？」

「旅の冒険者だ。たまたま居合わせただけだが、一応冒険者ランクはBだ」

俺は証明としてBランクのギルドカードを提示する。

「回復魔法が使えるのですか？　種類は？」

「中級回復魔法《ハイ・ヒール》だが」

それを聞いた受付嬢は驚いた声で聞き返した。

「中級回復魔法《ハイ・ヒール》ですか!?　まさか普通の冒険者の方で使える人がいるなんて。是非、お願いします」

一般的に、回復魔法系統は教会関係の治癒士の専売特許《せんばいとっきょ》であるかのように見なされているが、実際のところは知識と魔力があれば覚えることが出来る。

「こいつは思ったよりも酷い状態だな。中級回復魔法《ハイ・ヒール》でも助けられるかどうか……なんとか、間に合えばいいが。中級回復魔法《ハイ・ヒール》」

俺が魔法を唱えると、患者《かんじゃ》の傷口に緑色の光が淡く灯り、徐々に傷が小さくなっていく。

「おおっ！　これなら！」

周囲からそんな声が上がる。期待を受けながら俺は魔法を続けるが、急に傷が治らなくなった。

「これは、外傷《がいしょう》だけでなく思ったよりも内部の傷が酷いのかもしれない。やはり俺の魔法だけでは無理か……おそらく大神官《だいしんかん》クラスの回復魔法が必要だぞ」

「そんな⁉　ああ、カレン！」

ギルド内に彼女のパーティーメンバーの悲痛《ひつう》な声が木霊《こだま》する。

俺が無理を承知で魔法をかけ続けながら、まだギルドにいるはずのかつての仲間を呼ぼうと考えたまさにその時、奥の通路から凛とした声が聞こえてきた。

「私に見せてくださいませんか？」

「シューラ！」

「大聖女様！」

「シューラ様！」

思わず呼び捨てで名前を呼んだ俺だったが、幸い、周りの声にかき消され俺を非難《ひなん》する者はいなかった。

「ふむ。確かにこの傷では中級回復魔法《ハイ・ヒール》だと心もとないでしょうね。分かりました、ニード聖王国の大聖女シューラの名にかけてこの者を癒してさしあげます」

シューラはそう宣言すると、聖印《せいいん》の入った杖《つえ》を大きく振りかざして魔法の詠唱に入った。

「大いなる生命の源《みなもと》に生まれた癒しの神、ヒルデキュアリリスよ。聖なる力によって彼《か》の者に癒しを与えん。上級回復魔法《エクストラ・ヒール》」

中級魔法と違い、上級魔法ともなると術前の詠唱《えいしょう》が必要で、それは攻撃魔法だけではなく回復魔法も同様だった。

大聖女シューラが魔法の詠唱を終えると、掲げた杖から光が溢れだし、カレンの身体を優しく包み込んでいく。

「おおっ、聖なる光だ！　神の奇跡《きせき》だ！」

その場にいた冒険者やギルドの職員たちは、目の前で起こった癒しの奇跡に目を奪われ、中には涙を流して祈りを捧げる者さえいた。

やがて光は収まり、瀕死《ひんし》の状態だったカレンがその眼を開く。

「わ、私……。あれ？　傷が……治っている？」

覚醒《かくせい》したばかりでまだ状況の整理が出来ていないカレンに、傍にいた仲間の女性が抱きついて涙を流しながら叫ぶ。

「カレン！　よかった！」

「うおおおおっ！　奇跡だ！　さすが大聖女様だ！」

周りで一部始終《いちぶしじゅう》を見ていた他の冒険者やギルドの職員たちは一斉に歓喜の雄叫《おたけ》びを上げた。

「すげぇ！　あんなに効く回復魔法は初めて見たぞ！」

大聖女であるシューラの代名詞《だいめいし》である上級回復魔法《エクストラ・ヒール》を見る機会など一般の人間には当然あるはずもなく、その場は感激と興奮で騒然となる。

俺はシューラに近付き、小声で言う。

「さすがは大聖女様だな。魔王討伐の際に何度か世話になった上級回復魔法《エクストラ・ヒール》は今も健在《けんざい》だな」

「当然です。私に一番求められている能力ですから。もっと早くに私を頼ってくださったらよかったのに」

俺は、「じゃあ後始末はよろしくな」と言ってその場を離れようとしたが、彼女に腕を掴まれる。

「少し待っていてくださいますか？」

そう言ってシューラは受付の方に歩いていった。

そのまま暫く彼女を待っていると、突然受付のギルド職員に呼びかけられた。

「アルフ様。お伝えしたいことがありますので、応接室まで来て頂けますか？」

「ん？　大聖女様はどうしたんだ？」

「もう出られましたよ」

「はあ？」

唖然《あぜん》とする俺は強引に応接室へ連行される。俺の前のテーブルには茶が置かれ、すぐには帰れそうにない雰囲気が漂《ただよ》う。

「お待たせしました」

十分も経たないうちに、先ほどのギルド職員と数人の冒険者が部屋に入ってきた。

「こちらが今、治療を受けられましたCランクパーティー『新緑《しんりょく》の風《かぜ》』のカレンさんです。他の皆さんはそのパーティーメンバーとなります」

なぜ治療しきれなかった俺に彼らを紹介するのか分からないが、一応挨拶を返しておく。

「Bランク冒険者のアルフだ。それで、なぜ俺はここに呼ばれたんだ？」

俺はそうギルド職員の女性に問いかける。

「ええと、それがですね。今回の件は緊急依頼という形をとることになったのですが、治療をしてくださいました大聖女シューラ様が先ほど、『私は冒険者ギルドに所属している者ではありませんので、依頼を受けられないのです。もし、どうしても手続きなどが必要ならば先に治療されていた冒険者のアルフ様にお願いしてください。報酬も彼に渡してくださいね』と言い残して出られてしまったのです。ギルドとしても他国の大聖女様に対してこれ以上の迷惑をおかけすることは出来ず、アルフ様にお願いすることにしたのです」

「……そういうことか」

シューラに面倒を押し付けられたような形である。

「では、ギルドの決定事項を読み上げます。異論《いろん》があれば後でおっしゃってください」

職員の女性はそう前置きしてから話し始める。

「この度Cランクパーティー『新緑の風』メンバーのカレン様が、ビッグボア討伐依頼中に生命にかかわる重大な怪我をされてギルドに運び込まれました。ギルド職員はその怪我の状態から早急に治療が必要と判断し、教会の治癒士へ助力を求めようとしましたが、幸運にも同ギルド内にいらっしゃった中級回復魔法《ハイ・ヒール》を使用出来るBランク冒険者のアルフ様が、助力を申し出てくださいました。彼は治療を施されましたが、内部の損傷が激しかったため完治には及ばず。対応を思慮《しりょ》していたところ、大聖女であらせられますシューラ様が治療に手を貸してくださりました。結果、患者カレン様は大聖女シューラ様の御業《みわざ》・上級回復魔法《エクストラ・ヒール》にて一命を取り留め、完治に至りました」

女性は長々と報告書を読み上げ、最後にとんでもないことを言い放った。

「以上の案件に対して、Cランクパーティー『新緑の風』は金貨二十枚をギルドに支払うものとする。その上でギルドは、そこから手数料を引いた額を依頼報酬として、本来であれば治療をした大聖女シューラ様及び初期処置をされたアルフ様に貢献度に応じてお支払いするべきです。しかし、大聖女シューラ様より辞退《じたい》の申し出がなされました。そのため大聖女シューラ様のご指示の通りに、先陣《せんじん》を切って治療を行ったアルフ様へ全額支払うものとします」

職員の女性はそう宣言をして、金貨の入った袋を俺の前に置いた。

「断る」

話の内容を聞いた俺は迷うことなく即座《そくざ》にそう言った。

「しかし……私共としても受け取って頂かないと困るんです」

俺の態度を見て、職員の女性は困った表情でなおも食い下がる。

「たとえ大聖女様の言葉でも、俺のやったことは初期の処置にすぎない。やった仕事に対しての正当な報酬は受け取るが、それ以上のものは受け取ることは出来ないぞ」

俺はそう言って全てを受け取ることは固辞《こじ》した。

「しかし……」

だが、半分泣きそうな表情になる女性を見て申し訳なくもなり、俺はある提案を彼女にした。

「その金を受け取るわけにはいかないが、使い道に関しては助言が出来るかもしれない」

俺は思いついた考えを説明する。

「孤児院の運営を助成《じょせい》するんだ。金貨十数枚程度では大したことは出来ないかもしれないが、施設の修繕費《しゅうぜんひ》や孤児たちにちょっといい食事を出してやるくらいは出来るんじゃあないか？」

「……では、その方向で上と調整してみます。ご提案ありがとうございます」

俺の提案に職員の女性は頭を下げてお礼を言う。

「大聖女様にもそうなったと説明しておいてくれ」

「はい。そうさせて頂きます」

俺は彼女の返事を聞くと、ソファから立ち上がったのだった。

「ああ、腹が減った」

ギルドで手続きをしているうちにすっかり遅い時間になってしまった。酒はおろか食事に行くことも出来ず、疲れた体で宿へ向かう。

「まだ宿で飯が食えるだろうか？」

宿に帰ったところで、ちょうどマリーが部屋から出てくるのが見えた。どうやら俺を出迎えに来てくれたようだ。

「アルフさん、おかえりなさい。酒場に行ったにしては早かったですね」

「ああ。いろいろあって、結局酒場には行かなかったんだよ。いや、行けなかったと言うべきか。それより、よく俺が帰ってくるタイミングが分かったな」

「コトラちゃんが急に起きたんです。でなければ、さすがに分かりません」

そう言ってマリーが微笑むと、彼女の足元からコトラが顔を見せた。

「ああ、なるほど。さすが俺の使い獣魔だな」

疑問を解消したところで、俺は宿の主人にまだ食事が出来るかを尋ねる。

「構いませんよ。ありあわせの物でよければですが、準備を致しましょう」

俺が頷くと主人は奥の部屋に入っていく。

「メニューから選ぶなんて贅沢は言っていられないか。なんでも食えればいいや」

そう呟いて、併設された食堂の椅子に座って待つ。

「私もここで待っていてもいいですか？　少しお話もしたいですし……」

「話？　何かあったのか？」

「そういうわけでもないのですが……」

マリーはどこか嬉しそうに話を続ける。

「実は、ニード聖王国の大聖女様が祝典祭の祝辞《しゅくじ》を述べるために、今この王都に来られているそうなのです」

別にやましいことはないが、つい先ほどまで会っていたとは言えずに、俺は「そうか」と一言だけ返す。

「なんだかテンションが低いですね。魔王討伐を果たした一人である大聖女様ですよ？　お会いして一言でも話せれば、私たちみたいな一般人にとっては一生の思い出になると思いませんか？」

「ははは。なるほど、そういうことか。マリーさんは大聖女……様を遠目にでも見たことはないのか？」

「直接見たことはありませんね。でも、姿絵では何度も見ていますよ。ちなみにあそこの壁に祝典祭のイベント情報が書いてあるのですけど、そこにも、大聖女様の姿絵が描かれています」

マリーに言われて壁を見ると、シューラの姿絵が描かれた祝典祭のポスターが貼ってあった。

「美人で能力もあって多くの人に慕《した》われている大聖女様って、素敵《すてき》ですよね」

「マリーさんもあんな風になりたいのか？」

「え？　私には無理ですね。憧《あこが》れはしますけど……」

マリーがそう言って笑った時、ちょうど俺の食事が運ばれてきた。

「お待たせしました」

こんな時間に頼んだのに、予想以上の量の食事がテーブルに並べられる。

「ああ、すまないがエールを一杯追加で頼めるか？」

「エールですね。お待ちください」

酒場は諦めたがやはり少しでも酒を飲みたかった俺は、気付けばエールを頼んでしまっていた。

「お待たせしました。エールジョッキになります」

飯を食べていると店員の元気な声がして、エールが俺の前にドンと置かれる。

それを見たマリーが口を開く。

「エール……お酒って美味しいのですか？」

「種類によるな。コイツは苦いが喉ごしがいいんだ。そして、あることをすると一気に美味く感じるようになる」

「どうするのですか？」

「キンキンに冷やすんだよ。見てな」

周りに他の人がいないのを確認した俺は、ジョッキを持ったまま魔法を唱える。

「氷結《アイス》」

するとみるみるうちにジョッキに水滴が浮かび上がり、色も濃くなったように見えた。

「ちょっとジョッキに触ってみろ」

俺がマリーの前にジョッキを差し出すと、彼女はそっと触れて驚きの声を上げる。

「冷たくて気持ちいいです。……ちょっとだけ飲んでみてもいいですか？」

国によって酒の年齢制限は異なるが、エンダーラでもポンドールでも十五歳以上ならば飲めたはず。量にさえ気をつければ問題ないだろうが……。

「だが、エールは若い女性にはあまり人気のない安酒なんだ。少しばかり高いが果実酒の方が人気だぞ。果実酒は酒を果実水で割ったもので、酒精《しゅせい》も弱めだから口当たりもいい……って、もう飲んでる!?」

俺が果実酒の説明をしている隙に、マリーはいつの間にかエールをジョッキの半分ほどまで飲んでいた。マリーは目を輝かせて俺に言う。

「冷たくて美味しいです」

「……ああ、俺の楽しみが半分になっちまった」

俺はマリーからジョッキを奪い返すと、少し悲しい気持ちでグイと残りのエールをあおった。

「追加を頼めばいいじゃないですか」

マリーはそう言ってくれたが、なんだかもうそういう気分でもなくなっていた。

「いや、飯も食ったし、今日は早めに休むとしよう。マリーさんも酒を飲んだのは初めてなんだよな？　水を多めに飲んでから休んだ方が朝に響かないぞ」

俺はそう言って、テーブルに置かれている水差しから彼女のコップに水を注いでやる。

「ありがとうございます。アルフさんは優しいのですね。私、男の冒険者の人たちってもっとガツガツしてるイメージが強くて近寄りがたかったんですけど、アルフさんと旅をしててそうじゃない人もいるんだって思うようになったんです。強くて博識《はくしき》で優しい……私、この依頼をアルフさんが受けてくれてよかったと思いま……すぴー」

マリーはそこまで言うとテーブルに突っ伏して眠ってしまった。

「あー。初めてだというのにあんなに勢いよく飲むから……。仕方ない、抱えていくか」

俺はカウンターで代金を支払うと、部屋へとマリーを抱えていく。

「やれやれ、本当に危なっかしい娘だ。先が心配になるよ。だが、二人部屋でむしろよかったのかもしれない。酔った状態のまま放っておくわけにはいかないからな」

しかし、マリーを抱えたまま部屋へと案内された俺はベッドの前で固まってしまった。

一人部屋が空いていないとのことで二人部屋を借りたわけだが、まさかベッドが一つだとは思わなかったのだ。

「あの店員、知っていてこの部屋を勧めたな？　いったい俺たちの関係をどう誤解してるんだか」

俺は大きくため息をつくと、そっとマリーをベッドに寝かせる。

部屋はベッドの他には簡易な机と椅子があるだけのシンプルな造りだった。俺はいったいどこで寝たものか……。

そこでふと窓の方を見ると、その先はバルコニーになっていることに気付く。外に出て景色を見渡してみれば、祭り初日の熱はまだ続いているようで、ちらほらと出店の灯りが見えた。

バルコニーの椅子に背を預けそんな夜景《やけい》を眺めているうちに、俺はいつの間にか眠ってしまっていたのだった。


——翌日の朝。


「あいたたた。うー、頭がガンガンしますー」

マリーの悲鳴に近い声で目が覚めた俺は、彼女の様子を見にベッドへと向かう。

「お、目が覚めたようだな」

「昨日はご迷惑をおかけしてすみません。それにベッドを独占《どくせん》してしまったみたいで……。私にお酒は向いてないのかもしれませんね」

頭を抱えながらマリーがそう言うのを見て俺は「そうだな。もう少し大人になるまでは飲まない方がいいだろう」と言って彼女の頭に手を乗せて魔法を発動する。

「状態回復魔法《リカバリ・ヒール》」

俺の手が淡く光ったかと思うと、すぐにマリーの表情がよくなる。彼女は驚いた顔をしながら「なんですか？　その魔法。気分が悪かったのが嘘みたいにスッキリしたんですけど」と言ってベッドから飛び起きた。

「身体の不調を治す魔法だ」

「そんな魔法まで使って頂いて……何から何まで、ありがとうございます。それにしても、元気になったらお腹がすいちゃいました。朝食を食べに行きましょうか」

すっかり元気になったマリーは、俺の腕を掴んで食堂に引っ張っていった。

「おはようございます。朝食をお願いします」

食堂で朝食を注文し、待っている間に一日の予定を確認する。マリーはメモ帳を取り出して説明を始めた。

「今日は、昨日行けなかったお店に行ってみたいです」

「雑貨店だな」


朝食を食べ終えた俺は、マリーを連れて雑貨店へ向かった。

「いらっしゃいませ」

昨日の夕方とは違い、開店したばかりの雑貨店は人も少なく、ゆっくりと品物を見ることが出来そうだ。

「あ、これ。いいかも」

マリーは数ある雑貨の中から、小型のブローチを手に取っていた。それをジッと見つめているのに気がついた俺がマリーに話しかけようとした瞬間、聞き覚えのある声が聞こえた。

「あら、そのブローチ、とてもよさそうですね」

「え？」

声がした方を見ると、大きなストールで顔を隠した金髪の女性が立っていた。マリーの持つブローチを指差している。

「シュ……うっ」

思わず名前で呼びそうになった俺を、その女性——シューラは手で制してにっこりと微笑む。

「こ、これは、大聖女様。こんな雑多なお店に足を運んで頂きありがとうございます」

近くにいた店主はシューラの顔を知っていたらしく、傍に来て深々と頭を下げていた。

「今日はお忍びで町を見させて頂いておりますので、そういったことはなさらなくて結構ですよ。なかなか品揃えのいいお店のようですから、少しの間、見させてくださいな」

「はい。何かありましたらお声をかけてくだされば、直ぐに対応致しますので……」

店主はシューラにそう告げると、再度お辞儀をしてカウンターへ戻っていった。

「あの……。大聖女様なのですか？」

ブローチをしっかりと握ったままマリーがシューラに向かって問いかける。

「シューラよ。今は公務中じゃないから過剰《かじょう》に敬《うやま》った対応をしなくていいわよ」

シューラはそう言ってマリーに聖女そのものの微笑みを投げかけた。

「は、はい……」

しかしシューラの言葉に反して、マリーは緊張で顔を真っ赤にしながらもじもじとしている。

「あなた。お名前は？」

「ま、マリエルです。あ、でも皆からはマリーって呼ばれています」

「マリーさんね。とてもいい名前だわ」

シューラはマリーが俺の連れであることに気づいているようで、俺にだけ分かるように口角を少し上げる。そしてブローチを持つマリーの手に自分の手を添えて言った。

「これは、いい物のようですね。いつかきっとあなたに幸運をもたらすでしょう」

シューラはそう言いながら俺に向かって頷いた。理由は分からないが、何か意図があってのことだろう。俺は小さくため息をつくと、「俺が買ってやるよ」と言ってマリーからブローチを受け取って支払いを済ませると、魔法で細工《さいく》を施してからマリーに手渡す。

「お守りだとでも思って常に身に着けていろ」

それを聞いたマリーは照れたように俯いてしまった。シューラが微笑みながら言う。

「あら、珍しい。いつの間にそんな気遣いが出来るようになったのかしら？」

俺の行動を見て少々からかい気味に話すシューラに、意趣返《いしゅがえ》しとばかりに口角を上げながら俺は言った。

「大聖女シューラ様のご推薦《すいせん》だからな」

「まあ、嬉しいことですね。せっかくなので、私も一つだけ協力をさせてくださいね。――この者に加護の光あれ」

シューラがマリーに手渡されたブローチに手をかざして魔法を唱えると、鮮《あざ》やかな群青色《ぐんじょういろ》をした光が宝石に吸い込まれていった。

「優しい光――」

一連の流れに理解が追い付かない様子のマリーは、光が吸い込まれて当初よりも青みが強くなったブローチを握りしめたままそう呟いた。

「ふふふ、可愛いお嬢さんね。しっかり守ってあげなさいね」

「言われなくても、そのつもりだ」

俺の言葉に満足した様子のシューラは、俺の胸に手を添えて「それでは、またね」と言い残して雑貨屋を後にした。


「アルフさん。大聖女様とお知り合いだったのですか？」

シューラが行ってしまった後、夢から覚めたように目を瞬《またた》かせながらマリーが俺にそう問いかけてきた。

「あ、ああ。知り合いかと言われればそうだな。前に依頼で会ったことがあるくらいだが……」

「それだけにしては、気のおけない間柄《あいだがら》にも見えましたけど？」

憧れの大聖女に会えて、祝福の加護までもらっておいて何が気に食わないのか分からないが、なんとなく俺に対するマリーの態度がツンケンしているように感じられる。

しかし確かに、仮にも大聖女と呼ばれるシューラと軽口を言い合える一般人はそういないだろう。

俺は内心『しまったな』と思いながら言い訳の言葉を探った。

「そんなことはないだろう。彼女は公務以外では誰にでも気さくな態度だぞ」

「ふーん。よく御存《ごぞん》じなのですね」

これ以上何を言っても状況を悪くしそうだったので、俺は話題を変えることにした。

「ブローチ。俺が着けてやるよ」

俺はブローチをマリーから受け取ると、彼女の襟元《えりもと》に着ける。

「あ、ありがとうございます」

お礼を言うマリーの顔は、真っ赤に染まっていた。


「――幸運のブローチ？」

買い物を終えた俺たちは宿に戻り、部屋の中でブローチについて話をしていた。

「ああ、もともとは魔道具に使われることの多い魔石を磨いてブローチにしたものだったんだが、大聖女様が祝福の加護を付与しちまったからな。今、鑑定魔法で見たら『幸運のブローチ』と出た」

「それって、凄く価値のある物なんじゃ？」

「まあ、普通に考えればそうだろうな。だから、売るんじゃないぞ」

「売りませんよ！　アルフさんが買ってくれて、大聖女様が祝福の加護を付与してくれたブローチですよ！　一生の宝物にします」

襟元のブローチに手を添えながらマリーはそう言い切ったのだった。

◇◇◇

「少し予定より早いですけど、マイルーンへ向かいましょうか」

次の日の朝、祝典祭は三日目となり、パレードなど最終日に相応《ふさわ》しいイベントが開催されている。

なのにマリーはそんなことを言いだした。

「どうかしたのか？　最終日だからイベントも多く見られると思うのだが……」

「見たいものはもう見られましたから。それに、やっぱり私はアルフさんと旅をしている時が楽しいですし。それともアルフさんは何か見たいものがありました？」

「俺も別にここに留まらなくてはいけない理由はない。マリーさんが進みたいならそれについていくだけだ。だが、出発する前に一箇所だけ寄り道をしていいか？」

「どこですか？」

「酒屋だ。せっかくポンドールの王都に来たというのに、昨日までに地酒のゴリン酒を買う機会がなかったからな。これを忘れたら俺は絶対に後悔することになるだろう」

正直、護衛中に言うことではなかったが、今更ではある気がするし、やはり酒好きには外すことの出来ない一大イベントだった。

「本当にお酒が好きなのですね。私もいつかちゃんと飲めるようになるのでしょうか？」

「どうだろうな。まあ、無理をしてまで飲むものじゃない。酒は楽しく美味しく飲むものだからな。さて、それじゃあ出発するか。祝典祭が終わったら一気に移動する馬車も増えて町から出るのも大変かもしれん。意外と今のタイミングが最善なのかもしれないな」

「そうだといいですね。あ、道中の地図情報を買ってから出発しますので、ギルドにだけは寄っていきますね」

「酒屋もな」

そんな話をしながらも準備を完了させた俺たちは、ギルドで情報を揃えると、まだ祝典祭で賑わう王都を後にしたのだった。

12

「ここらでいいか」

その後、俺たちはポンドール王都を出発して一路《いちろ》、マイルーンとの国境の砦を目指していた。

「それじゃあここで馬車を止めますね」

マリーはそう言って道が少し広がっている場所で馬車を止める。

「でも本当に出来るのですか？」

「多分大丈夫だと思うぞ。じゃあ始めるとするか」

俺はそう言って後ろの荷車に乗り込んで積んである荷物を、次々と魔法鞄と称《しょう》した収納魔法で異空間に仕舞い込んでいった。

「――まだ入るのですか？」

「うーん。そうだな、まだ入るみたいだ。思ったよりも優秀なんだなこの魔法鞄」

俺は内心罪悪感を抱きながらも、平静を装って収納魔法に荷物を押し込んでいく。

「こいつで最後だな」

「本当に荷車に積んであった荷物が全部入ってしまいましたね」

驚きを隠せないマリーの横で俺は涼《すず》しい顔で言う。

「これで空の荷車を引くだけだから馬への負担が相当減るはずだ。だから多少スピードを上げても問題はないと思うぞ」

「あはは、そうですね。軽くなりすぎて馬もびっくりするんじゃないでしょうか」

空になった荷車の中を眺めながらマリーが俺にそう言った。

「とりあえず、この状態で砦の近くまでペースを上げて進むとしよう。地図を見ながらだいたいの位置を把握して、砦が近づいてきたら荷物を戻してゆっくりと進めばいいだろう」

「はい。それでは少しばかり飛ばしていきますので、落ちないようにお願いしますね」

「おいおい、落ちないようにってそこまで急がなくても、日没までには十分に辿り着けるはずだ。それよりもきちんと索敵をしたいから、いつもより少しだけペースを上げるくらいでいいと思うぞ」

いきなりハイペースに馬車を進ませようとするマリーの肩を軽く叩きながら、俺はそう言って笑うと索敵魔法を展開させた。

「右斜め前に獣の反応あり、おそらく狼だろう。馬を狙ってきたのか、それとも俺たちが標的《ひょうてき》なのか……」

俺の呟くような言葉にマリーが反応してすぐに俺に判断をゆだねる。

「どうしますか？　馬車を止めてから対処した方が安全でしょうか？」

「いや、馬車は走らせたままでいいからスピードだけ少し緩めてくれ」

俺は迎撃の準備をして狼たちが姿を見せるのを待つ。

――ザザッ！

木々が揺れたのを感じたその時、狼はその大きな牙を剥《む》き出しにしながら馬へと襲いかかってきた。

「火の矢《ファイヤーアロー》」

俺が短い詠唱で飛びかかってきた狼に向けて火の矢を放つ。

ギャウ！

一直線に突進してきた狼は高速で飛んでくる火の矢を躱せずに、痛みと驚きに悲鳴を上げて地面に転がった。

——ガルルッ！

少し遅れてやってきたもう一匹の狼がその前に降り立ち、こちらを威嚇《いかく》しながら様子を窺う仕草をする。

「マリーさん、すまないがやっぱり馬車を止めてもらえるか。このままだと何度も襲ってきそうだからしっかりと対処しておこうと思う」

「分かりました」

マリーはそう返事を返すと手綱を引き馬車を停止させた。

ガウッ！

馬が止まったのを見て、一匹の狼が素早い動きを見せて馬の足を狙うように攻撃を仕掛けてくる。

どうやら狙いはあくまでも馬のようで、俺たちの方には攻撃を仕掛けてくる様子はなかった。

「火の矢《ファイヤーアロー》」

素早く発動出来る魔法を放つが、狼たちは賢かった。狙った一匹の陰からもう一匹が突然現れ、俺の魔法発動よりも早く馬に体当たりをしたのだ。

「ヒヒーン」

驚いた馬が興奮して立ち上がった。

「っ⁉」

「きゃっ！」

馬が立ち上がったことにより馬車が大きく揺れて倒れそうになり、御者台に乗っていた俺たちも地面に投げ出される形となる。

「うおっと」

俺はとっさに隣にいたマリーの身体を抱きかかえつつ御者台から飛び降り、身体能力のみで綺麗に着地する。

「やってくれたな」

俺はマリーを片手に抱きかかえたまま、収納魔法からナイフを二本取り出して付与魔法を展開した。

「追尾剣《ホーミングソード》」

俺が目標をターゲティングしたナイフを空へと放り投げると、放物線の頂点から獣へ向かってナイフが急加速する。

ギャワッ。

ギャウ。

俺の放ったナイフは狙い通りに獣たちの眉間に突き刺さり、一撃のもとにその生命活動に終止符《しゅうしふ》を打った。

「ほら、お前も少し落ち着け」

荒ぶる馬を落ち着かせてようやく、俺は初めてマリーを抱えたままであったことに気がついた。

「おっとすまない、大丈夫だったか？」

「はい、大丈夫です。庇《かば》ってくれてありがとうございました」

マリーはそう言うと頬を赤らめながらふいと顔を背ける。

「今のは俺の対応が甘かったな。次はもっと上手く対処するから心配しないでくれ」

俺のミスもあり、いらぬ心労《しんろう》をかけてしまったな。俺はマリーに休憩を取ろうと提案することにした。

「時間的余裕はまだあるだろう。馬も少し落ち着かせないといけないから、軽く食事をしないか？」

俺はそう言って、魔法鞄からパンと温かいスープを取り出してマリーに手渡した。

「ありがとうございます」

マリーは俺から食事を受け取ると、馬車の荷台に腰掛けてパンをちぎって食べ始めた。俺はその隣に座り、自分のパンをかじりながら言う。

「もうすぐ国境砦に着く。その先は目的地のマイルーン農業国だ。もちろん首都まではまだ距離もあるから安心は出来ないが、そろそろ今後のことを考えておいた方がいいだろう」

「今後のことですか？」

「ああ。俺が受けた依頼は君を無事にマイルーンの首都へ連れていくことだけだ。いつまでもこうしていられるわけじゃない。依頼人の個人的なことに触れるのはタブーかも知れんが、どうにも気になってな。もしよければだが、話を聞かせてくれないか？」

俺は余計なお節介《せっかい》なのは承知でマリーにそう尋ねた。

マリーは暫く黙り込んでいたが、やがてぽつりぽつりと話し始めた。

「——首都には父の妹である叔母が住んでいるんです。前にも少しお話ししましたが、私の両親は共に亡くなっています。母は幼い頃に事故で、父はごく最近病気が悪化してしまい帰らぬ人となりました。……父は死の間際、しきりに私に『幸せになって欲しい』と言っていました。今の私には何が『幸せ』なのかよく分かっていませんが……。そして父は生前に私の叔母にあたる人に宛てて手紙を出していたようでした。私が成人するまで面倒を見て欲しいという内容だったようで、父は私に叔母のもとに身を寄せるよう言いました。でも、叔母が受け入れてくれるかは分かりません」

マリーはそこまで一気に告げると、襟元のブローチをぎゅっと握りしめて話を続けた。

「私は行商人である父の背中ばかりを見てきたから、行商のことしか知りません。他の仕事に就いても上手くやっていけるか分かりません。ですが、父の遺言に従って叔母のもとに行き、自分の気持ちに整理をつけたいと思っています」

「……そうか。君がまだ十七歳なのが気がかりだったが、そこまで考えて行動をしているのなら、俺から何か言う必要はなさそうだな。すまないな、立ち入ったことまで聞いてしまって」

「いえ、いいのです。アルフさんが私を気にかけてくれているのは分かっていますから。それに、アルフさんと一緒の時間は楽しくて、辛いと思う間もなく時が過ぎていったんですよ」

マリーはそう言うと、少し寂しそうな顔をした。俺は空気を変えるように言う。

「とりあえず、今日は予定通りに国境砦まで進むぞ。その後のことはその時に決めればいい。何があっても俺が絶対に叔母さんのところへ無事に連れていってやるから安心してくれ」

「はい、本当にありがとうございます。この恩は絶対に忘れませんから」

「おいおい、まだその言葉は気が早いぞ。だが、任せてくれ」

俺はそう言うと立ち上がり、マリーに手を差し伸べて立たせてあげた。

「じゃあ、出発しますね」

マリーはそう言うと、馬の様子を確認してから御者台に上った。

「俺は念のために索敵魔法を展開しておくから、何かあればすぐに知らせるよ」

幸い、その後は獣や野盗などとは遭遇せず、そろそろ砦が見えてくる頃にマリーが馬車を止めた。

「もうすぐ砦に着く予定ですが、荷物はどうしますか？」

速く走るために荷物を全て俺の収納魔法に入れておいたので荷車は空の状態だった。

「そうだな。少しは戻しておくか」

王都から来たのに荷車が空だったら野盗にでも襲われたと思われるかもしれない。壊れにくい物や食料品でそれなりに荷を積んでいるように見せておいた方がいいだろう。俺は馬に負担がかからない程度に収納魔法から食料品や布製品などを荷車に戻していく。

「このくらいあれば行商と言っても疑われることはないだろう」

「はい、ただ今まで軽かった荷車が急に重くなったので、馬がびっくりするかもしれませんけどね」

「ははは、確かにな。まあ、そこは頑張ってもらうしかないだろうが、今までのような高速ペースじゃなくてもいいから大丈夫だろう」

「そうですね、それでも予定より相当早く着きそうですけど……」

「早いのはいいことだろう。それだけ順調だったということだからな」

俺がそこまで言った時、木々が開けて大きな砦が現れた。

「どうやら着いたようだな」

マリーは馬を操って砦の門へと馬車を進ませた。

「そこで止まってください。通行証があれば提示し、なければ目的を言い、登録手数料を支払ってください」

数名の門兵が立つ中で、事務担当者が御者であるマリーに向けてそう告げる。

「こちらの野営広場を使わせてもらえると聞いていたのですが……」

マリーが係の者にそう問いかける。

「本日はこちらの有料スペースにて野営をご希望ということですね。後ほど案内をさせて頂きます。ちなみに、今朝ポンドールの王都を出発されたのですよね？　どんなに馬車を走らせてもこの時間には到底辿り着けないと思われますが……」

やはり少しばかり早く着きすぎたようで、係の者も疑問に思ったようだった。しかし、マリーは落ち着いた様子で答える。

「道中で特にトラブルがなかったことと、馬に回復薬を投与《とうよ》したことで早く進めたのではないかと思います」

「ほう。貴重な回復薬を馬に？」

「間に合わなくなってその辺で野営することを考えたら安いものですよ」

「なるほど、確かにそうかもしれませんね。疑って申し訳ございません。今夜は泊まって明日の朝にマイルーンへ入るとのことですね。マイルーンでは首都へ？」

「はい。首都に住んでいる叔母のところへ向かうついでに、エンダーラからの品物を行商しようと思っています」

「分かりました。それでは許可しますので、登録手数料を支払ってから案内をしてもらってください。では私はこれで」

「ありがとうございます」

マリーは係の者にお礼を言うと手数料を支払い、担当の者に野営地まで案内してもらった。

「こちらになります。今夜は他の商隊の方はおられませんので、今のところは貸し切り状態になりそうですよ」

「へぇ、使われる方はそれほど多くないのですか？」

俺が横からそう聞くと、案内してくれた女性は「波があるのでなんとも言えませんが最近は少ないですね。ですが、もしかすると急に増える可能性もなくはないです」と答えた。

「ならば野営は広場の端《はし》を使った方がいいですか？」

「いや、そこまで気を回さなくても大丈夫ですので、自由にお使いください。それと食事に関しては砦の食堂を使ってもいいですが、料金は別途かかりますのでご了承ください」

「食事は食堂を使わせてもらうか？」

俺がマリーにそう聞くと「多分ですけどアルフさんが作った方が美味しいと思います」とだけ答えた。

「それは俺に作って欲しいと言っているのか？」

「さあ、どうでしょう？　私は正直に思ったことを言っただけですよ」

少し照れたような表情を見せながらマリーがそう言う。

「仕方ないな。任せておけ」

俺はそう言うと野営の準備を始めた。

「時間的にはまだ早いが町とは違って他に見るところはないし、少し手の込んだ料理を作ってみようと思うんだが、馬車に積んである食料を使わせてもらってもいいか？」

明日か遅くとも明後日には目的地に到着する予定なので、俺がマリーに料理を振る舞うのも最後になるかもしれないと思い、とっておきの料理を作ることにした。

「何を作るつもりなのですか？」

「それは出来てからのお楽しみってことで。確か油はあったよな」

「油ですか？　あるはずですけど、アルフさんの魔法鞄に仕舞ってあると思いますよ」

「そう言えばそうだったな。確かこのあたりに……。ああ、あった。これがあれば作れるぞ」

俺は続いて、以前狩ったボアの肉を取り出してまな板の上に載《の》せる。

「あとは少し固くなってきたパンを砕いて、切ったボア肉に卵と一緒にまぶしておく。そして鍋にかけた油が煮立ってきたらコイツを投入。色がついたらサッと皿に上げて風魔法で余分な油をきってやればボアのサクサク揚《あ》げの完成だ」

俺はさらに馬車に積んであった柔らかいパンと魔法鞄に入れておいた葉物《はもの》野菜を取り出して、特製のタレをたらしてからそれらで肉を挟み込んだ。

「こうすれば一度にパンも肉も野菜も食える」

「うわっ！　また美味しそうな物を作ってくれましたね。このままだと私はアルフさんの食事なしには生きられなくなるかもしれません」

マリーはそう言って笑うと話を続ける。

「本当にアルフさんは毎日、楽しそうにされていますね。正直言って羨ましいです。私もそうありたいな」

マリーがずっと思っていたことが、思わずこぼれたような感じだった。

「よし、マリーさんに毎日を楽しく生きる秘訣《ひけつ》を教えてやろう」

俺は追加でボアの肉を揚げながら言葉を続けた。

「一番の幸せは、自分で考えて自分で決めて自分で動くことだ。他人に命令されてやることに本当の幸せはない」

勇者として散々に使い潰されてきた俺が今、座右《ざゆう》の銘《めい》としている言葉だ。

「自分で決めるのが幸せ……。心に留めておきますね」

マリーは俺の言葉を噛みしめながらも、ふと揚げている肉に目を向ける。

「――ああっ！　そんなに火力を上げたら焦げちゃいますよ！」

マリーとの話に意識を取られていた俺は、調理途中の火力を間違えてしまっていた。肉はものの見事に真っ黒な炭《すみ》と化している。

「ふははは。これは駄目だな。仕方ない、前に作っておいた鶏《とり》の蒸《む》し焼《や》きで代用するとしよう」

そう言って俺は魔法鞄から前に作り置きしておいた料理を取り出して並べた。

「やっぱり、魔法鞄って凄いですね。私もいつか手に入れたいけれど、凄い高級品だから難しいかなぁ。あ、そうだ。アルフさんが持たれている魔法鞄は遺跡で見つけたって言っていましたし、もしも次に遺跡で発見したら私に安く卸してください。お願いします！」

両手を合わせて頼んでくるマリー。その姿を見て自然と笑みがこぼれてしまい、俺は了承した。

「分かった。もし、手に入れたら一番に持ってきてやるよ」

「約束ですからね」

マリーの言葉を聞き、俺は果たせるか分からない約束をしてしまったなと内心後悔をした。

しかし、これは本格的に遺跡の調査をしないと駄目かもしれない。

俺の魔法鞄は国から支給された物で、遺跡で見つけたというのは誤魔化すための嘘だ。

ただ、魔法鞄は魔道具屋が作る物以外に、遺跡で発見されたとの報告もあるので、本当に見つけ出すことも不可能ではないだろう。その確率が極めて低いということは分かり切っているが。当然買い与えるほどの金があるはずもないし、他人であるマリーにそれを施すのも違うだろう。そう考えた俺は、やはりマイルーンにある遺跡の調査を進めてみる他ないなという思いを強くした。

「そんなに真剣にとらなくてもいいですよ？　かなり無理なことを言っている自覚はありますから」

考え込む俺を見て、マリーが心配してそう言ってくれた。

「あ、いや。どっちにしてもせっかくマイルーンに行くのだから、大森林地区にある遺跡にも行ってみたいなと考えていたんだ」

「遺跡かぁ。私も戦えたらついていきたいですけど絶対に足手まといになるからなぁ」

「遺跡は危険が多いからな。俺も過去に何度か危ない目に遭ったこともあるし、マリーさんには難しいだろう。まあ、どちらにしても冒険者ギルドで情報を集めてからだけどな」

俺はそう言うと食事の片付けをして、「あとひと踏ん張りで、いよいよマイルーンだ。気を引き締めて行くからよく休んでおくんだぞ」と言ってマリーに毛布を手渡した。

◇◇◇

「おはようございます」

「ああ、おはよう。よく眠れたか？」

「はい。普通の野営とは違って安全は確保出来ていましたし、それにアルフさんが傍にいてくれましたから」

「なーご」

「あ、もちろんコトラちゃんが傍にいてくれたからでもあるよ」

最近のコトラは夜になると俺が指示をしなくてもマリーの傍で眠るようになっていた。

「なんだ、コトラはそんなに俺よりもマリーさんの方がいいのか？」

俺の使い獣魔だから、俺の指示がなければ必要以上に他人に懐くことはないはずなのだが、最近は自分の意思でマリーに寄り添っているように見えることが多くなった。

「マリーさん。コトラに餌付けでもしたか？　コイツが俺以外にこんなに懐くのは見たことがないぞ」

「それは、アルフさんがコトラちゃんに指示を出していたからじゃないのですか？」

「うーん。そうかな」

マリーにも特に自覚はないようだし、それで問題になるようなことでもなかったのでその時はそれで話は終わったが、これが後に俺たちを救うことになるとは思ってもいなかった。

「――そう言えばここからの地図と情報は買っていくのか？」

「はい。そこをケチると行商人として生き残れないと父がよく言っていましたから、最後までそうしたいと思います」

「分かった。じゃあ朝食を食べたら砦の詰め所に行ってみよう」

俺たちはそう言って早々に朝食を済ませると、詰め所へ。

「すみません。マイルーン王都までの地図と周辺情報を買いたいのですけど」

門兵の男はマリーに対して答えてくれる。

「ああ、行商人の方ですね。地図はこちらになりますが……マイルーン方面であまりよくない情報があります」

「よくない情報？」

「ええ、お二人は『闇夜の宴』という盗賊団の話を聞いたことはあるでしょうか？」

「『闇夜の宴』といえば、ポンドールの砦付近で捕まえた盗賊たちのことだな。奴らはまだ盗賊団の中では下っ端だと聞いたが、この近くにいるのか？」

「このあたりでも『闇夜の宴』を名乗る盗賊の目撃情報は商隊護衛からあがっています。奴らは広域に縄張りを広げていて、それぞれチームという十人前後の集団で活動をしており、各チームのリーダーは必ず何かしらの魔道具を以《もっ》て攻撃を仕掛けてくるそうです」

「魔道具か。いったいどんな魔道具を使うか分かっているのか？」

「今、分かっているのは、火球《ファイヤーボール》を連続で撃てる魔道具と石礫《ストーンバレット》を飛ばせる魔道具ですね。もちろん、まだ他にも厄介な物を持っている可能性も高いです」

「なるほど、厄介だな」

「馬車も一台ですし身軽だとは思いますが、女性の商人に護衛が一人では狙われる可能性が高くなりますので十分に気をつけてください。それと、首都までの中間地点に山小屋があります。こちらには国から依頼された冒険者が数名詰めており、少々代金はかかりますが宿屋の代わりとして利用することが出来ます。盗賊の出没情報もあることですので、利用を考えてもよいかと思いますよ」

詰所にいた門兵はマリーの姿を見て心配になったのか、丁寧にいろいろと教えてくれた。

マリーが悩んだ様子で言う。

「詳しい情報をありがとうございました。今の話を聞くと、もう少し荷を軽くしておきたいですね。もし必要な物がありましたら買い取って頂くことは可能ですか？」

「食料品は足りていますが、酒があったら買い取りたいです。しかし、酒は容器が壊れやすいから持っている商人も少ないですし、さすがに積んでいないでしょう？」

確かにお酒は陶器の容《い》れ物に入っているため運ぶにはリスクも高く、当然値段も高くなる。

マリーの馬車にも当然積んでいたが、破損リスクから守るために現在は全て俺の収納魔法に入れていた。

「確か、まだありましたよね？」

マリーが俺にそう聞いてきたので「ああ」と肯定をしておく。

「持ってこようか？」

「はい。お願いします」

俺はマリーから依頼を受けて馬車にお酒を取りに行ったように見せて、収納魔法からお酒を取り出して運んでいった。

「このくらいでいいか？」

俺は十本ばかりの酒をカウンターに置いてマリーに確認する。

「いいですよ。あの、このくらいしかありませんけど」

「おおっ、本当にあるとは！　これで今夜は久しぶりに酒が飲めるぞ」

門兵の男は相当嬉しかったようで、予定していた売値よりも高値で引き取ってくれたのだった。

「ありがとうございます」

「本当に気をつけてくださいね！」

買った酒瓶を大事に抱えたままの門兵は、俺たちの馬車が門を完全に通過するまでそう叫びながら見送ってくれた。

13

砦を出発してすぐに俺たちはマリーが描き写した地図を広げてこの先の予定を立てる。

「ここからマイルーン首都まではだいたい一日半の距離だが、途中に泊まれる施設があるとのことだったな。まずはそこを目指すぞ」

「はい。国の依頼を受けた冒険者が詰めていると言われていましたね。ならば、盗賊たちも襲っては来ないでしょうね」

「まあ、宿代をかなりぼられる可能性は否定出来ないがな」

その後、砦で盗賊団の話を散々聞かされたことで警戒をしながら進んだが、昼の休憩まで問題が起こらなかったためホッと一息ついていた。

「あの、アルフさんにお願いがあるのですけど」

昼食を簡単に済ませて拠点まで向かおうと俺が準備を始めた時、マリーが話を切り出してきた。

「なんだ？」

「あの……依頼は首都のギルドまででしたが、叔母の家まで同行してもらえませんか？」

「家まで？」

「実は、叔母に会うのは物心《ものごころ》がついてからは初めてなのです。昔、生まれて間もない時に父に連れられて会ったそうですが、どのような人なのか分からないので不安で……」

「仕事は何をしているのか分かっているか？」

「父の話だと食堂を経営しているはずだと聞かされています」

「食堂か。繁盛しているならば従業員として置いてくれるかもしれないし、スペースが借りられるならば商売をさせてもらうことも出来るだろう。どちらにしてもしっかりと話をしないといけないだろうが、それが不安なのか？」

「もし、叔母が私を受け入れてくれなかったらと思うと、どうしても不安が募《つの》ってしまって……」

その震えた声に、マリーがまだ自分の半分ほどしか生きていない少女だということを嫌でも認識させられる。

「構わないが、迷惑じゃないか？」

「アルフさんのことはきちんと説明しますので。ただ、一緒にいてくれるだけでいいのです」

「分かった。いいぞ、一緒に行ってやる」

俺はそう言ってマリーの頭にポンと軽く手を触れた。


「見えたな。あれが例の山小屋か？　予想に反して、かなりしっかりとした建物だな」

俺たちが辿り着いたのは街道が広くなった場所にある建物。町の宿屋と比べても遜色《そんしょく》がなく、建物の周りにもきちんと頑丈《がんじょう》な柵が立てられている。加えて旅の商人が来ても馬車が停められる広さの広場が隣接していたのには驚いた。

「凄く立派な宿屋ですね。こんな街道沿いにぽつんと建っていていいものではない気がしますけど……」

俺の感想もマリーと一緒で、この建物の維持費《いじひ》と詰めている冒険者の人件費を考えると一人一泊で金貨三枚くらいしそうな気がして、入るのをためらう。

「かなり高そうですけど野営するより安全なのは確かですよね。とりあえず話を聞いてみませんか？」

至極もっともな話だ。こっそり手持ちの金を確認してから建物のドアを叩いた。

ドアを開けると、中には三人の冒険者風の男が座って談笑しているのが見えた。

「すみません。マイルーンの首都へ向かう旅の商人ですが、此でこの施設に宿泊出来ると聞いて来たのですけど大丈夫でしょうか？」

「おお、久しぶりの客だ！　首都まで一日の距離とはいえ、誰も来ない日も結構あるから暇を持て余していたんだ。宿泊だろ？　飯の提供は出来ないから素泊まりになるが、それでもいいか？」

いつ来るかも分からない旅人のために、わざわざ余分《よぶん》に傷みやすい食料品を持ち込んでいるはずもなく、ここにいる者の分しかないのは理解出来る。

「それでいくらだ？」

「まあ、素泊まりだがこんな辺鄙《へんぴ》なところだ。普通の宿屋に比べたらちいと高いが、一部屋で金貨一枚ってところだ。どうする？」

一部屋で金貨一枚は通常であれば食事がついていても割高なレベルだ。

だが、言われた通り辺鄙な場所で、ここに泊まらなければ野営をしなければならないことを考えれば妥当だろう。

「分かった。一部屋頼む」

部屋の中を確認はしていないが、仮にベッドが一つしかなければ俺が床で寝ればいいだけだと判断する。

俺は男たちに金貨を一枚差し出した。

「二階の端の部屋だ。食事は商人の馬車ならば簡易食を持っているんだろ？　ここのテーブルは好きに使っていいからゆっくり食べな」

食事に関しては魔法鞄にしっかり準備してあったが、他の冒険者がいるところで堂々と出すと怪しまれる。カモフラージュとして、ごく普通のパンと干し肉の簡易食を取り出して夕食とした。

「では、休ませて頂きますね」

食事が終わった俺たちがそう言って部屋に向かおうとした時、男の一人が俺に声をかけてきた。

「おう。そこの兄さんは、酒は好きかい？　実は今日の定期便で頼んでいた、とっておきの酒が届いたんだが、一杯やっていかないか？　なに、金はいらねぇ。こちとら暇を持て余してたんだ、おもしれぇ話の一つでもしてくれたら十分だ」

酒の誘いに俺は少しだけ興味を示すが、護衛の最中だからと断りを入れる。

「冒険者が一杯の酒で潰れることはないだろ？　それに、連れの嬢ちゃんは部屋に鍵をかけて休んでれば問題ないさ。今、この宿には俺たちしかいないんだからな」

「そうだぜ。この酒はマイルーンの特産品であるオリブの実を使った上等《じょうとう》な果実酒なんだ。一介《いっかい》の冒険者の口にはなかなか入らない物だぞ」

別の男も既にコップを準備してテーブルについて俺を誘ってくる。

「私なら大丈夫ですから、少しだけ付き合ってあげたらいいではないですか？」

俺が迷っているのが分かったのか、マリーがクスクスと笑いながら俺にそう言ってくる。

「本当に大丈夫か？」

「中からきちんと鍵をかけますので。あ、あんまり遅くなって私が寝てしまったら廊下で寝てもらうことになるかもしれませんけどね」

マリーが少し意地悪な発言をするも「まあ、鍵があれば外から開けられるんだ。マリーさんが寝ていたら自分で開けて入るよ」と部屋の鍵を見せながら笑う。

マリーの許可が出たので先に彼女を部屋に送り、中から鍵を閉めたのを確認すると男たちが待つ一階へ降りていった。

「おっ、来たか。まあ、一杯試してみな？」

男はそう言って、俺の前に置かれたコップになみなみと酒をついでくれる。

「さあ、酒の肴にあんたの話を聞かせてくれ」

男たち三人は俺が酒を飲み干すと次々についできて、一杯では終われない空気だった。

「ほう、あんたはBランクの冒険者だったのか。だから一人で護衛をしてるんだな」

ワイワイと話は盛り上がり、俺は男たちの質問に次々と答えていった。


男たちが用意した酒瓶が全て空になった時には目の前の三人は酔いつぶれて、テーブルに突っ伏した状態で寝息を立てていた。

「ああ、久しぶりに楽しい酒だったな。これだけ飲んでタダってのは悪い気がする。明日の朝、出発する時にお礼の金を置いていくとするか」

俺はもともと酒には強い方だったので、多少酔ってはいるがまだまだ正気は保《たも》っていた。少し勿体ない気はしたが自分に状態回復の魔法をかけることにする。

「これをするとせっかくの酔いが全て醒めてしまうんだが、やはり町中でもない場所でこんな状態でいるわけにもいかないしな。状態回復魔法《リカバリ・ヒール》」

俺が魔法をかけると酔っていい気分だった頭がはっきりとしてくる。少し残念な気持ちになりながら俺は階段を上っていく。

部屋の前に着くと、ひとまず部屋のドアをノックする……が返事がない。

「先に寝てしまったか。まあ、そうだよな。一杯だけと言っていたのに気がついた時にはかなりの時間飲んでいたからな。明日起きたらしっかりと謝らなきゃな」

そう呟きながら俺は部屋の鍵を開けて中に入る。室内は真っ暗で明かりがついていなかった。

俺はそれにも特段疑問を持たず、代わりに光魔法を唱えた。

「光源《ライト》」

光の光度を抑えて眩しくなりすぎないように気をつけながら部屋の中を照らす。しかし、どこにもマリーの姿が見当たらない。

「マリーさん⁉」

部屋の鍵はかかったままだったので外に出たとは考えにくいが、実際に部屋の中はもぬけの殻《から》だった。

「マリーさん!!」

俺は光魔法の明るさを最大にして部屋全体を照らして何か痕跡がないか探すが、特に目立ったものはない。部屋が荒らされた様子はなかったし、窓も全部閉まっていた。いったいどこから……？

一気に眠気が覚めた俺は、部屋に向かおうとする俺を理由をつけて酒に誘った男たちの違和感に今更気づく。慌てて酔い潰れている男たちのもとに走る。

「おい！　お前たち、彼女をどこへやった！」

ぐったりした男の胸ぐらを掴んで叫んだが、酔って呂律《ろれつ》の回らない男は何を言っているのか分からない。

「闇拘束《ダークバインド》」

俺は男たちを尋問《じんもん》するために拘束魔法をかけた後で、最初に酒に誘ってきた男に状態回復の魔法をかけた。

「ううっ。な、なんで俺は縛られているんだ？」

酔いが醒めた男は自分が置かれている状況に理解が及ばずそう叫ぶ。

「お前たち、彼女をどこにやった？　正直に答えないと明日の陽《ひ》は見られない」

俺が男の首にナイフを突きつけてゆっくりと押すと、ぷつりとその首筋から血が浮かび上がる。

「ひっ。な、何も知らねぇ。俺は何も知らないんだ！　た、助けてくれ！」

「何も知らないだと？　そんな訳があるか！」

俺は男にそう言い切ると、別の男の酔いも醒まさせて同じ質問をする。

「な、何も知らない！　俺は関係ないんだ！」

やはり、二人目の男も同じような答えを返してくる。

「あと、一人だな」

俺はそう言って最後の男を起こして別の質問をした。

「お前たちは『闇夜の宴』だな？　別の奴が吐いたぞ」

「な、なんでばらしやがった⁉」

「馬鹿野郎！　お前、死にてぇのか⁉」

俺の誘導《ゆうどう》尋問に見事に引っかかった男が、自ら正体を明かす。

「やはりそうか。……これは完全に俺の失態だな」

俺はまんまとマリーを連れ去られてしまった自分のことを許せなかった。しかし、悔いることよりも、安全に助け出せるよう動くことが先決だ。

俺は新たに剣を抜き、男たちの前に仁王立《におうだ》ちする。そして強烈な殺気を発しながら問いかけた。

「もう、知らないは通用しない。さっさと白状《はくじょう》すれば衛兵に突き出すだけで済ませてやるが、嘘を吐いたり誤魔化したりしたら温情をかけられる自信はないぞ！」

俺はさらに強い殺気を放ちつつ、男に歩み寄る。

「部屋の鍵がかかっていたはずだ。彼女をどうやって連れ出した？」

「か、鍵なんて複数用意することは簡単だろ。合鍵《あいかぎ》で開けて薬で眠らせてから連れ出したんだ！」

「どこからだ？　出口はここしかないはずだが？」

「別の部屋から直接外に出られる階段があるんだ！　そこからならこの部屋を通らなくても外に出られる」

確かに泊まる予定の部屋は確認したが、別の部屋までは見ていない。まさか隠し階段があるなんて誰も思わないだろう。

「質問に答えたんだ。助けてくれ！」

一人目の男がそう叫ぶが、俺は冷たい目をして「なるほど、ならばお前はもういらないな」と告げて剣を振りかぶり、男の腹を思い切り打ちつけた。

ごしゃ。

「ぐあああああっ！」

鈍い音と共に男のあばら骨が折れ、そのまま気絶したのが分かる。

「ひっ！」

二人目の男が小さく悲鳴を上げるが、俺は無表情のまま男の前に立つ。

「彼女をどこへ連れていった？」

その時の俺の目は正気ではなかったのだろう。男は怯えながら俺の質問に叫ぶように答えた。

「お、俺はどこに連れていったのか知らない！　俺の役目は同行している護衛を酔わせて足止めすることだけで、アジトの位置も聞かされていないんだ！」

「なら、お前はいらないな」

「ひっ、ひぃぃぃぃっ！」

俺が思い切り蹴り上げると、男は壁際まで吹っ飛んでいく。

「ぐはっ！」

飛ばされた男が気を失ったので、俺は最後の男に同様の質問を投げかけた。

「ひっ、ひぃぃっ。助けてくれぇ！」

「お前たちは人を笑って殺す盗賊のくせに、自分が殺される番になれば命乞いをするのか？　死にたくなければ知ってることを全部吐け！」

俺は抜き身の剣を男の目の前に突き出し、最後の警告を告げる。

「嘆《なげ》きの沼《ぬま》だ！　娘はそこにあるアジトに連れていかれたはずだ！」

「それはどこにある？」

「ここから東に暫く行ったところにある！　そして、夜が明けたら別の場所に移されることになっているんだ！」

「嘆きの沼……か」

「しゃ、喋ったんだから命だけは助けてくれ！」

必死に命乞いをする男を軽蔑《けいべつ》の目で見下ろした俺は、剣を振り下ろす代わりに強力な拳で殴り飛ばした。

「があっ！」

「お前たちは後で処分するからおとなしく寝ておくんだな。……しかし、足止め役が俺を残して全員酒で潰れるとは、なんて馬鹿な奴らなんだ」

俺は気絶した三人の男たちに最低限の回復魔法をかけ、宿にあったロープで縛り上げると、追加で睡眠の魔法をかけてから部屋に閉じ込めておいた。

「今回は命だけは取らないでおいてやるよ。酒に釣《つ》られた俺にも責任があるからな」

そして俺はあることに気づく。

そういえばコトラの姿も見かけないが、あんな見た目でも俺の使い獣魔だ。その辺の盗賊ごときに簡単に殺せるものではない。

「追っていったか？」

山小屋を出た俺は薄暗闇の中でコトラの魔力を探すと、東へ向かって動いているのを探知することが出来た。

「やはり追跡していたか」

だが、俺が指示を出していないのに行動するなんて意外だ。……まあいい、今はマリーを助け出すことが先決だ。

俺はコトラの魔力を追跡しながら、朝の近いまだ薄暗い山道を夜目《よめ》の魔法で視界を補いながら全力で駆け抜ける。

「ふん。奴らの言った通りの方向か。売り飛ばすつもりなら、商品価値を下げないように怪我をさせたり殺したりする可能性は低いだろうが……怖いことに変わりはないよな。出来るだけ早く見つけ出してやりたい」

東へ向かうコトラの反応を追いかけながら、俺は次なる一手を考えていた。


——ざわざわざわ。

不気味な風音が響く小道をコトラの魔力の方向を頼りに駆け抜ける。時間にして半時間ほど進んだあたりで、コトラの魔力が止まっているのを感じた。

「コトラ！」

「にゃう」

俺からの魔力譲渡がないために力を発揮出来ない状態でここまで追ってきていたようだ。その身体は土まみれのドロドロで、小さな傷も多く見られた。

「苦労をかけたな。水球《ウォーターボール》。中級回復魔法《ハイ・ヒール》」

コトラの姿を見つけた俺は、すぐに洗浄と治療をして両手に抱きかかえる。

「マリーはこの先か？」

「にゃにゃっ」

俺は使い獣魔とだけ出来る意思疎通《いしそつう》スキルでコトラの見てきた景色を把握するが、その記憶にマリーの姿はなかった。

「見失ったのか？」

俺が目線を向けると申し訳なさそうにコトラが鳴き声を上げる。

「にぃ」

「いや、ここまで追ってきただけでも十分に役目は果たしてくれたよ」

「うにゃ？」

コトラが不思議そうな顔をして俺の周りをぐるぐると回って、どういうことか教えるように要求をする。

「こいつだよ」

俺は収納魔法からある魔道具を取り出すと、グッと握りしめて魔力を通す。そして目を閉じ、周囲の魔力反応を調べていく。

「指定魔力反応探査《ポイント・サーチ》」

この魔法は、有効範囲はそれほど広くないが、特定の魔力反応を探す強力な探索魔法だ。先日マリーにブローチを買ってあげた際、シューラが気遣わしげにしていたので何かあるかと思い、一応印をつけておいたのだった。聖女である彼女は時に未来視に匹敵《ひってき》するほどの危機察知能力を発揮し、何度もパーティーを救ってくれたものだった。そして、どうやら今回も助けられたようだ。

「見つけた！」

有効範囲内にいるかは賭けだったが、コトラが追ってくれていたおかげで範囲内まで近づいていたようだった。

「コトラ、マリーさんを助けにいくぞ！」

「にゃっ！」

俺はコトラに強化魔法をかけると、反応のあった場所へと再度走り出したのだった。

「あれか……」

それからものの数分の距離に巨大な沼が広がっており、その脇にこんな山奥には似つかわしくない大きめの建物が見えてきた。

俺は身体を木の陰に隠し、コトラと視界をリンクさせながらあやしい建物へとすばやく近づいてみるが、建物は遠くで見た時に予想したよりもかなり大きく、窓などが閉ざされていて中の様子は窺えない。どこかに入り込めるところはないかと周囲をぐるっと見回すと、建物の傍に立っている木の枝が屋根に向かって伸びているのが見えた。

「あそこから屋根伝いに行ってみるか」

俺がコトラに指示を出すと、コトラは高い身体能力を活かして屋根に跳び上がり、軒下《のきした》から中に入り込める通気口を発見。そっと身体を滑《すべ》り込ませた。

共有した感覚を確認していると、コトラが忍び足で通気口の中を進み、その通気口から男の声が聞こえてくる。

「今回はかなりの上玉《じょうだま》のようだな。まだ小娘だが、それを好む奴らは大勢いるからきっと高値で取り引き出来ることだろう」

「そういえば、残してきた奴の始末はちゃんとしたんだろうな？　あれに騒がれると面倒なことになるが」

「いつものように酒で酔い潰れたところをブスリといけばなんてことはねぇ。そのためにわざわざ酒精の強い酒を用意してるんだからな」

「そんな酒を用意しなくても睡眠薬でも入れれば簡単だろうに」

「前にそれで失敗したんだよ。薬は魔法や魔道具で見抜けるからな。連れ去る前に気づかれて暴れられたらたまったもんじゃないぞ」

「がはは。ちげぇねえ」

声のする穴からコトラがそっと覗くと、男たちが四人ほどで酒を飲みながら話をしているのが見える。

「四人か……。他にもまだいるのか？」

迂闊《うかつ》に飛び込めない状況に歯痒《はがゆ》さを感じながら、コトラに指示をして通気口の先へ進ませる。

次の穴を見ると視界の先に檻《おり》のついた部屋が見え、その中には横たわったマリーの姿があった。

「見つけた！」

おそらく薬か何かで眠らされているのだろう。マリーは床に転がされている状態で起き上がる気配もなかった。

部屋の中を確認すると、檻の前に監視のためだろう、一人の男がふてくされた様子で座っている。

「ちくしょう。あいつらだけ酒を飲んで楽しみやがって。俺だけ見張りって割に合わねぇぞ」

どうもこの男は一番下っ端なのか、監視を押し付けられて愚痴《ぐち》を言っているようだ。

「コトラをこのまま部屋に飛び込ませてあの男を押さえれば、マリーを人質《ひとじち》には出来ないはずだ。後は俺が迷い人のふりでもして入口を開けさせれば……」

俺は盗賊のアジトを制圧する段取りを立てると、コトラに指示を出してから建物の入口へ。

コンコン。

「すみません。どなたかいませんか？」

俺は出来るだけ穏やかに、何も知らない迷い人のふりをしてアジトのドアを叩く。

「誰だ！」

中からゴトゴトと複数の音が聞こえ、不測の事態に備えるように人が動く気配がした。

「旅をしている者ですが、道に迷ったのでお助け願えないかと思いまして。お礼に……少ないですが金貨と酒があります。少し休ませてもらえないでしょうか？」

「旅人かよ。一人でこんな辺鄙な場所に迷い込むたぁ相当な方向音痴《おんち》だな。構わないが、今ちょうど手が離せなくてな。勝手にドアを開けて入っていいぜ」

明らかに待ち伏せしているのは分かっているが、侵入させてもらえるのはありがたい。俺は無造《むぞう》作《さ》にドアを開けた。

「ははは！　死ねやぁ！」

俺がドアを開けた瞬間、いきなりその奥から剣先が俺の胸めがけて突き出されてくる。

キィン！　カシャン！

乾いた音と共に、突き出された剣先が切り落とされ床に落ちる。

「うわわわわっ！　い、いきなり何をするんですか⁉」

俺はいかにも驚いた風な様子であたふたしてみせる。

「貴様……今、何をした」

剣先を切られた男は、床に落ちた剣の残骸《ざんがい》に冷や汗を流しながら俺に問いかける。

「何も？　それより皆さん凄い圧を放ってますが、魔物でも狩りにいくつもりだったんですか？」

俺は出来るだけ冷静に、全員の位置を把握するまでとぼけた受け答えに徹《てっ》することにしていた。

そうやってわざと無能なふりを続けていたが、そろそろ頃合いだと、マリーのいる部屋の上で待機していたコトラに指示を出した。

トスッ。

共有した視界を見ると、ほとんど音のない着地を決めたコトラが、気が抜けて油断していた見張りの男の首筋に鋭い爪を立てるところだった。

「お前、なんか変だな」

目の前の男がそう言って剣を握ったまま俺に近づこうとしたと同時に、奥の部屋から見張りをしていた男の悲鳴が上がった。

「ぎゃあ！」

「な、なんだ!?　奥の部屋からだぞ！　まさか、こいつは！」

その悲鳴を合図に、俺は大きく後ろに跳ぶと同時に風魔法を室内に向けて放つ。

「風圧爆弾《ウインドボム》」

魔法が発動した瞬間、室内の空気が一箇所に圧縮《あっしゅく》される。そうすることで急速に周囲の気圧が下がる。盗賊たちは息苦しいのだろう、口をパクパクして泡を吹き出す。そこに今度は圧縮した空気の塊を勢いよく放ち、テーブルなどの家具ごと彼らを奥の壁に叩きつけたのだった。

ぴくぴくぴく。

風が収まった部屋に入ると四人の盗賊たちは全員気絶しており、俺はすぐさま全員に対して拘束魔法をかけておく。

キイ。

拘束処置を済ませた俺が奥へ続くドアを開けると、首に大きなひっかき傷を負って気絶している男と、満足げにドヤ顔をするコトラの姿が目に飛び込んできた。

ごそごそと気絶している男の服から鍵を物色《ぶっしょく》し、マリーの囚われている檻の鍵穴に差し込んで回す。すると、カチャと鍵が開く音が響いて静かに檻の扉が開いた。

「マリーさん！」

返事がないことに俺は一瞬どきりとしたが、胸がかすかに上下している。眠っているだけだと分かり、ほっと安堵の息を吐いた。

「状態回復魔法《リカバリ・ヒール》」

俺は周囲の気配に気を配りながらもマリーに回復魔法をかけて、昏睡状態《こんすいじょうたい》からの回復を試みる。

「う、うーん」

魔法が身体に吸い込まれると、やがてマリーは深い眠りから覚めたように目を開いた。

「あ、アルフさん。おはようございます。お酒は美味しかったですか？」

マリーはここがどこで今の状況がどうなっているのか理解していない様子で、普段通りの優しい声が返ってきた。

「マリーさん、よかった。詳しい話は後にして、まずはここから出よう」

「え？」

俺の言葉を聞きマリーはようやくここが宿屋ではないことに気が付いたようで、動揺して声を上げる。

「ここは？」

俺は建物の外にマリーを連れ出しながら、これまでの経緯を簡単に説明する。

「どうやら、あの宿は国の雇った冒険者を盗賊たちが襲って成り代わり、旅人を狩る拠点に使っていたようだ。すまない、俺がまんまと奴らの策に引っかかってしまって、マリーさんを攫わせてしまった」

「そうだったのですね。私、全く知りませんでした」

「眠らされて運ばれたみたいだからな。怪我がなくて本当によかったよ」

そんな話をしながらマリーの手を引いて建物から明け方の屋外に出た時、正面の山道から数人の男たちが戻ってくるのが見えた。

「ちっ、まだ敵が残っていたか」

「おい！　女が逃げてるぞ！」

「中にいた奴らはどうしたんだ！」

戻ってきた男たちは全部で五人、おそらく中にいた五人と併せて十人の集団なのだろう。

「男は殺せ！　女は生きて捕まえろよ」

中心にいる大男が子分《こぶん》に命じる。この大男がおそらくこの集団の中でも地位が上なことは容易に見てとれた。

後ろに控えていた男たちがそれぞれに武器を持ち、にやにやした顔でゆっくりと近づいてくる。

「マリーさんは建物の陰に！　コトラは彼女を守れ！　巨大化！」

「がるるるるるっ」

俺の魔力を浴びてコトラが巨大化し、見た目も大虎《おおとら》のように変化した。そのままマリーを守るように傍に控える。そう、コトラは契約主である俺の魔力を使い、高い戦闘力と強靭《きょうじん》な肉体を持つ巨大な虎の姿に変化出来るのだ。

「ほう。獣魔道士《ティマー》か。珍しいスキルを持ってるじゃねえか」

獣魔道士《ティマー》はメジャーではないスキルだが、役に立たないわけではない。獣魔ではなく馬などの家畜動物を制御する方面に特化した人が多くなった結果、非戦闘員として認識されるようになったスキルなのだ。

「おい！　お前らはあの獣魔を先に相手してこい。こいつは俺様が直々《じきじき》に殺してやるよ」

「うへぇ。あの大虎をですかい？　ありゃ、結構面倒ですぜ」

「つべこべ言わずにさっさと殺《や》れ！　それとも先に俺様に殺されてぇのか？」

「へい！　すぐに処理してきやす！」

子分たちはそんな会話の後で、ぐるりと俺を迂回《うかい》してコトラとマリーの立つ場所へ走り出す。

「コトラ、そっちは頼むぞ！」

俺はそう叫びながら、目の前にいる大男に向かって走り込んだ。

キンッ！

俺の振り下ろした一撃を大剣で受け止めた大男は、にやりと笑みを浮かべて弾き返してくる。

「はっはっは。こいつはいい！　久しぶりに楽しい殺し合いになりそうだ！」

そう叫ぶ大男に俺は不意打ちの魔法を飛ばす。

「火の矢《ファイヤーアロー》」

「おっと、あぶねぇ。ふうん、魔法も使いやがるのか。ますます面白くなってきたじゃねぇか」

まだ余裕があるのか大男はにやけた顔を崩さず、懐に忍ばせていたナイフを投げつけてくる。そしてそのまま、彼自身も力任せに大剣を振り下ろしてきた。

ブン！

さすがに受け止めるのは危険と判断した俺は、剣先を見切って身体を半身ずらしてそれを躱す。

「ひゅう。なかなかやるじゃねぇか」

あいかわらず軽口を叩く大男に俺が次の一手を打とうとしたその時、マリーの悲鳴が朝焼《あさや》けの空に響き渡った。

「きゃあ！」

「がるるるる！」

俺が大男との戦いに集中している間に、子分の男たちはマリーとコトラに集団で迫り、今にも攻撃を加えんとしていた。さすがにこの数の多さだ。巨大化したコトラといえど、人一人を守り切りながらでは突破口を見つけられず、囲まれてしまったのだろう。

「させるか！　火の矢《ファイヤーアロー》」

俺は大男の攻撃を躱しながら、コトラに向かう男たちを牽制《けんせい》するために魔法を放つ。

「うおっ!? あぶねぇ！」

男たちは側面から飛んできた俺の攻撃に驚き、一斉にこちらに意識を取られた。

ドガッ！

その大きな隙を逃すほどコトラは甘くない。一瞬身をかがめると、強力な瞬発力《しゅんぱつりょく》でその巨大な身体で男たちに体当たりをした。

「ぐはっ!?」

コトラを追い詰めるつもりで集まっていた男たちは、その強烈な体当たりで全員が大きく宙を舞い、地面に叩きつけられる。そしてそのまま全員が泡を吹いて気絶したのだった。

「後はお前を倒せば終わりだな」

形勢逆転《けいせいぎゃくてん》とばかりに俺は大男に向き直りそう叫ぶ。

「ちっ、使えない奴らだ。こいつはとっておきだったんだが仕方ねぇ。お前みたいな危険な奴は確実に殺しておかないといけないからな」

大男は気絶している子分たちを汚いものでも見るような目で見ながらそう吐き捨てて、ポケットから真っ赤な球を取り出すと傍の沼に放り込んだ。

「いったい何を!?」

俺がそう叫ぶと、大男はへらへらと笑いながら「この拠点を潰しちまうのは勿体ないが、せいぜいいい実験データを取らせてもらうぞ！」と言って大きく後ろに飛びすさった。

——ごぼごぼごぼ。

沼の水が赤く変色して、大きな気泡がぼこぼこと湧き上がったかと思うと、突然高く水が噴き上がる。

「な、なんだ！」

いや……これはただの水の柱じゃない。巨大な龍《りゅう》だ。

「水龍《すいりゅう》って奴か」

ズシャ！

体長五メートル級の水龍が、水をしたたらせながら陸地に上がってくる。

「人造核《じんぞうかく》を持つ偽物の水龍といったところか。しかし、とんでもないものを出してきやがって。いったいコイツらはどこからこんな代物《しろもの》を手に入れやがったんだ？」

人造核とは昔、まだ各国が戦争で領土を広げようと画策《かくさく》していた時代。多くの錬金魔道士《れんきんまどうし》の研究により生み出された、人工的に魔物を作り出す魔道具だ。そして、今では作ることもそれを所持することすらも禁止されている負の遺産である。

「ははは。こいつは、凄《すげ》え！　確かにこれは普通の人間の手におえるものじゃない。この力があれば、一国を壊滅《かいめつ》させることだって出来そうだぜ！」

大男は水龍の出現を目《ま》の当たりにして、高らかに叫んだ。

だが、これは少しばかり不味いな。水龍の攻撃がマリーに向かったら止めることが出来ないかもしれない。そう感じた俺はコトラに指示を出す。

「コトラ！　マリーさんを乗せて逃げてくれ！」

俺の言葉にマリーが反応して叫ぶ。

「そんな！　私だけ逃げるなんて出来ません！」

「いいから行け！　あいつの攻撃からマリーさんを守る手段がないんだ！　行くんだ、コトラ！」

「ふしゅるる」

コトラは「了解」との意思を見せて、マリーの服を咥《くわ》えると自身の背中に乗せ、大男の横をすり抜けるように走り出した。

「待って！　お願い！　止まって、コトラちゃん！」

マリーが必死に叫ぶ声が聞こえるが、コトラは俺の使い獣魔だ。俺の命令に背《そむ》いて止まることは絶対にない。

「ちっ、せっかくの商品に逃げられてしまったか」

遠くに去っていくマリーの姿を見て、大男がそう言って苦笑いをする。

「商品だと？　……そうか、お前たちは人身売買《じんしんばいばい》をしているのか。だが、それも今日で終わりだ。お前を捕まえて全てを話してもらうぞ」

「はっ、俺を殺さずに捕まえるつもりか？　ずいぶんと舐められたものだ。いいぜ、俺を殺さずに捕らえられたら何でも話してやろう。ただし、俺はお前を殺すつもりでいくがなぁ！」

大男はそう叫ぶと、手に持った魔道具を翳《かざ》して水龍に命令を下す。

「コイツを制御出来るのは俺様だけ！　せいぜいあがいてみるんだな！」

大男の命令に反応して、水龍が大量の水を俺に向かって吐き出してくる。

バキバキバキッ！

俺はギリギリで避けるが、その先にあった盗賊団のアジトは、その水流の圧により無残《むざん》にも倒壊《とうかい》する。

「はっはっはっ！　こいつはいい！　なかなかの景色だ！」

水龍の一撃の威力は超級魔法《ちょうきゅうまほう》に匹敵するほどで、油断《ゆだん》すれば一撃で死ぬレベルだ。

しかも水龍はそれを連射してくる。

さすがの俺も、二の足を踏む。

「どうした！　手も足も出ないようだが、威勢のいいのは初めだけか？」

魔道具の威力に酔っている大男は、余裕の表情で高みの見物を決め込んで笑っていた。

「せめて奴の制御用の魔道具をどうにか出来れば……」

何度も繰り返される水龍の攻撃に、反撃の糸口《いとぐち》すら掴めず、俺は少しずつ消耗《しょうもう》させられていく。

「いい加減、何か手立てを……」

その時、そう呟く俺の耳に聞こえてはならない声が聞こえた。

「アルフさーん！」

声の方に視線をやると、そこには巨大化したコトラを乗りこなし、こちらに向かってくるマリーの姿があった。

「コトラ！　なぜ戻ってきたんだ！」

しっかりと指示を出したはずのコトラが、なぜか俺の命令を無視してマリーを乗せたまま引き返してきていたのだ。

「おお、これはこれは。商品がそちらから戻ってきてくれたじゃないか」

大男はそう言ってにやりと笑うと、さっと駆けだしたかと思うと、手にした大剣をコトラに向けて振り下ろした。

「あぶない！」

ギンッ！

しかし、大男の大剣がコトラに触れようとした瞬間。マリーの持つブローチの宝石が強く光り輝き、その衝撃波《しょうげきは》を受けて大男は大きく吹き飛び、俺の前に叩きつけられた。

「ぐはっ⁉」

「アルフさん！　今です！」

一瞬のことだったが、俺はそのチャンスを逃すことなく男の持つ魔道具に向けて風魔法を放つ。

「圧縮弾《エアバレット》」

バチッ！

「しまっ⁉」

俺の放った攻撃は正確に大男の持つ魔道具を射抜《いぬ》き、粉々《こなごな》に砕くことに成功する。

「あ、あ、あああっ！　なんてことをしやがる！　貴様は絶対に殺す！」

魔道具を破壊された大男は極度の興奮状態となり、感情のままに大剣を振りかぶって俺に突進してきた。

グオオオオオッ！

大男の剣が俺に振り下ろされようとした瞬間、魔道具の制御から解き放たれた水龍が高らかに咆《ほう》哮《こう》を上げる。

「う、うわあ！」

あれだけ興奮していた大男だったが、水龍の咆哮を聞くと急に顔を真っ青にして怯えだす。

確かに恐ろしい咆哮だが、その怯えようは尋常《じんじょう》ではなかった。

水龍は大男しか眼中にないようだ。意に添わずに従わされていたことに腹を立てているのだろうか。

すっかり戦意を喪失《そうしつ》して地面で震える大男を見下ろしながら、俺は上級魔法を唱え始めた。

「水を制する獄縁《ごくえん》の炎よ！　高き天の世界より落ちいでて誇り高き正義の名のもとにその鉄槌《てっつい》の裁《さば》きを示せ！　炎の極槍《ファイヤーランス》」

魔法の発動と共に、天に生まれた巨大な炎の槍が、水龍の身体をめがけて一直線に降っていく。

「悪人に利用されただけの魂《たましい》だが、ここはお前の世界ではない。今は安らかに眠れ！」

その槍先が水龍の身体に触れた瞬間。五メートルもあった水龍の身体を形成《けいせい》していた水はジュワッと一瞬で蒸発して掻き消えたのだった。

14

「お前には後で、知っていることを全て吐いてもらうからな！」

水龍を倒した後。魂の抜けたような状態で倒れていた盗賊の幹部を捕縛した俺は、大きな息を吐いて地面に座り込む。

「——アルフさん！　よかった！」

その直後、ずぶ濡れの俺の胸にマリーが飛び込んでくる。

「マリーさん！　どうして戻ってきたんだ⁉　コトラもなぜ……」

そう言いながら隣で申し訳なさそうに伏《ふ》せの状態でいるコトラに目を向けると、マリーが説明してくれた。

「私がコトラちゃんにお願いして戻ってもらったんです」

「だが、コトラは使い獣魔だから俺の命令は無視出来ないはず……」

そう言ったが、一つだけ可能性があることに気づき、思わず呟く。

「まさか、マリーにも獣魔道士《テイマー》の才能が……？」

「何か言いましたか？」

マリーに獣魔道士《テイマー》の素質があって、それが俺の才能を上回っていれば十分に可能性のある話だった。とはいえ彼女にまだ自覚はないようで、根拠《こんきょ》も薄い話だったので、まだマリーに話すのはやめておくことにした。

「いや、なんでもない。だが、どうして危険だと分かっていて戻ってきた？　危うく死ぬところだったんだぞ」

「分かっています。ですが、逃げる時にこのブローチを握りしめていたら急に大聖女様の声が頭の中に響いて、『戻っても大丈夫だからアルフさんを助けるように』ってお願いされたんです」

手を胸の前で握りながら笑うマリーに、俺はため息をついて言った。

「マリーさん、それは幻聴《げんちょう》だ。大聖女の力をもってしてもそんな都合のいいタイミングで声を届けるなんてことは出来ないだろう。まあ今回、彼女に助けられたのも事実だがな。……そのブローチ、見せてみろ」

「これですか？」

俺はマリーから受け取ったブローチを改めて鑑定にかけて、再度ため息をつく。

「そのブローチがどうかしたのですか？」

俺のため息を聞いてマリーが不思議そうに尋ねてきたので、俺はこのブローチの凄さを教えてやった。

「あの時、大聖女がこのブローチに祝福を施しただろう？　詳しく見てみると、幸運だけでなく、このブローチの持ち主への悪意ある攻撃がそのまま対象者に跳ね返る『反射』の効果が付与されていたようなんだ」

「え？　それって……」

「魔法鞄どころの話じゃない。これこそまさに国宝級の一品だな」

「ええっ！」

「ちっ、また一つシューラに借りが出来ちまったな」

俺は朝日が昇る空を見上げながらそう呟いて、再びため息をついたのだった。


——その後、拘束した盗賊たちを倒壊したアジトの前に縛りつけた俺たちは、件《くだん》の宿屋まで戻ってきていた。

「とりあえず。ここにいた盗賊の仲間はこの宿に寝かせてあるから、このまま首都のギルドに報告に行くぞ」

入口のドアに現在使用禁止の貼り紙だけしておいて、俺たちは急ぎ馬車を走らせ、マイルーンの首都を目指す。

「――見えてきたぞ」

それから暫く進んだ頃、遠くに町並みが見える丘へと辿り着いた。

「荷物はどうする？」

「半分も出しておけば怪しまれないでしょう」

「分かった。そうしておくよ」

俺はそう言って荷物を収納魔法から出して整理しておいた。

「では、首都に入ります」

マリーは馬を操り、マイルーン農業国の首都の門へとゆっくりと向かっていった。

「エンダーラから来ました商人のマリエルといいます。こちらは旅の護衛の者となります。この町には親類《しんるい》を訪ねてきました」

門の受付でマリーが身分を明かして通行税を支払うと、係の者がアドバイスをくれる。

「そうか。もしもこの町で商売をするつもりならば、商業ギルドへの登録を忘れるんじゃないぞ」

「はい、分かりました。ありがとうございます」

マリーは頭を下げてお礼を言うとさっと御者台に上がり、ゆっくり馬車を進ませた。

「まずは冒険者ギルドに先ほどの件を報告しに行きましょう」

前を向いたままマリーが俺にそう告げる。

「ああ、分かった。ギルドの場所は分かっているのか？」

「はい。先ほど門の案内板で確認しておきましたから」

俺はマリーがすぐに抜けたと思っていた門で、いつの間にか必要な情報の確認をしていたことに感心しながら町並みへと目を向けた。

「この建物みたいですね」

他の町と同じように大きな看板が掲げられており、一目で冒険者ギルドであることが分かる。

――からんからん。

俺たちは馬車を停め、いつものドア鐘の音を聞きながら受付の窓口へと向かい、緊急の報告があると告げる。

「どういった内容でしょうか？」

緊急との言葉を聞いて受付嬢にも緊張が走る。

「最近、このあたりを騒がせている盗賊団『闇夜の宴』についてだ」

「しょ、少々お待ちください。受付が聞くには重すぎる案件ですので、すぐに上司に確認してきます！」

受付嬢はそう言い残すと、慌てて奥の部屋に飛び込んだ。

「申し訳ありませんが、ギルドマスターが面会したいと言われていますので、ご同行を願えますか？」

ものの数分後には、先ほどの受付嬢が俺たちを連れてギルドマスターの部屋へ案内してくれた。

「失礼します。先ほどのお客様をお通ししました」

受付嬢はそう言って俺たちを部屋に招き入れると、ソファに座るように促した。

「首都冒険者ギルドのマスターをしているリッツだ。なんでも盗賊団『闇夜の宴』に関する情報を持っているそうだな。詳しく聞こうか」

リッツと名乗るギルドマスターが、俺たちの前に腰を下ろして真剣な表情でそう問いかける。

「ポンドールとの国境砦からこちらに向かう中間地点にある宿でのことなんだが……」

俺は砦で聞いた話から始め、宿であったこと、マリーが人攫《ひとさら》いに遭ってそれを助け出す際に盗賊団のアジトを発見したこと。そして戦闘の末、盗賊団の幹部と思われる男を捕らえたこと。さらに、その他十数名のメンバーを拘束していることなどを詳細に話したのだった。

リッツは俺の話を最後まで聞くと「虚偽はないな？」と聞いて俺のギルドカードを確認すると、すぐに人を集めて現場の確認に出発したのだった。

「報告と調査内容が一致した場合には報酬が出ますので、後日またギルドに立ち寄ってくださいね」

「……あの」

俺は同席した受付嬢にそう言われて頷いたが、そこにマリーが割って入った。

そして、今回俺が受けた護衛依頼の報酬支払いの立ち合いを依頼した。

「エンダーラ王国キロトン支部で受けた護衛の依頼完了の立ち合いですか。少々お待ちください」

マリーの言葉を聞いた受付の女性は、そう言って依頼の内容と報酬についての確認をしてくれる。

「国境越えの護衛依頼でしたので、報酬はギルドを通さずに直接支払うということで間違いございませんね？」

受付嬢の確認に、俺が返事をする前にマリーが先に答える。

「はい。間違いありません。なので、立ち合って頂くだけで構いません。こうでもしないと、彼は受け取ってくれそうにないので」

マリーはそう告げると、ギルドの職員の前で俺に報酬の金貨十四枚を手渡した。

「マリーさん、俺はこの報酬はもう必要ないと言わなかったか？」

「はい。ですが、やはり契約は契約です。今回の旅ではアルフさんに助けて頂いてばかりでしたし、マンドウの実やこのブローチだって買って頂きました。これ以上施しを受ければ公平な関係でいられなくなる。なのでどうか受け取ってください。お願いします」

マリーの凛とした態度を見て、俺はそれ以上言葉が出ずに「分かった」と一言告げて素直に受け取ることにした。俺たちのやり取りが一段落するのを見て、受付嬢が礼をする。

「では、これで全て完了となります。ご利用ありがとうございました」

マリーは彼女に「ありがとうございます」と礼を言って受付から離れた。

「――叔母さんの居場所は分かっているのか？」

ギルドを出て馬車へ乗り込んだ俺は、御者台に座るマリーに声をかける。

「父が残した物に叔母の店の名前と場所を記した物がありました」

マリーはそう言ってそれを見せてくれる。

「店の名前は『マンカイ』で、中央通りにある赤い看板の店か。見つかるといいな」

「この先を左に曲がったところが中央通りになります。赤い看板が出ていたら店名を確認してもらえると助かります」

マリーの言葉に「よし、任せろ」と言って俺も道の左右を確認していった。

「――おっ、あれじゃあないのか？」

中央通りに入り五分も進んだ頃、入口に大きな赤い看板のついた建物が目に飛び込んできた。

【食事処《しょくじどころ》　マンカイ】

「どうやら当たりだったようだな。見た感じはごく普通の食事処のように見えるが、客入りはなかなかによさそうだ。それだけで判断してはいけないかもしれんが、話の分かる人のような気がするぞ」

「ふふっ。アルフさんにそう言われると、少し安心出来ます」

マリーは馬車を駐車スペースに停めて大きく深呼吸を数回すると、俺の顔を見て言った。

「もう大丈夫です。行きましょう」

その表情は日頃見せる愛らしい表情とは違い、どんな結果も受け入れる覚悟のある真剣な表情に見えた。

——かちゃ。

俺はマリーの叔母がいるであろう食事処マンカイのドアを開けた。

「いらっしゃいませ！　空いているお席にどうぞ！」

店に入ると元気のいい声が聞こえてくる。声の主を見るとまだ若い娘で、どう見てもマリーの叔母には見えない。おそらく給仕《きゅうじ》の仕事をしている、店主の娘か従業員だろう。

まずは店の邪魔にならないように食事を頼んでから聞いてみるか。

マリーを促して空いている席に座る。

「お客さん、初めて見る顔ですね。おすすめ料理はこちらなんですけど、いかがですか？」

席につくと先程の元気な娘がメニューを持ってきてそう言った。

「せっかくだからお願いするか。マリーさんもそれでいいか？」

「は、はい。お願いします」

「特製《とくせい》ランチ二つ、注文入りました！」

娘はそう言って俺からメニューを受け取ると、小走りに厨房《ちゅうぼう》の方へと入っていった。

「元気のいい娘だな。叔母さんの娘か、それともただの従業員かは分からないが、後で叔母さんについて聞いてみるとしよう」

そう言って俺たちは料理が出てくるのを待った。

「お待たせしました。今日の特製ランチはボア肉の薄切り野菜炒《いた》めになります。出来たてで熱いので気をつけてお召し上がりくださいね」

出てきたのは、どうやってカットしたのか不思議なほどに薄く切られた肉をたっぷりの野菜と炒めたもので、パンにのせて食べるらしい。

「なるほど。挟むのもいいが、それだと厚くなるからのせるだけでもありなのか。しかしこの肉の見事な薄切り具合には感心するな」

俺は出された料理を緊張感もなく食べるが、ふと目の前のマリーを見ると全く料理に手をつけていなかった。緊張で食事どころではない様子だ。

「マリーさん。緊張して食事が喉を通らないかもしれないが、ゆっくりでいい。今は食事を楽しもうか」

俺の言葉に硬い表情のまま頷いたマリーは、ゆっくりと食事に手をのばした。

「あ、美味しいです。私の作るものより数倍は美味しいと思います」

「ははは、ここは客商売をしている食事処だし、このお客の入り具合を見れば味はいいのは予想がつく」

「アルフさんは自分が美味しい料理を作れるからそんな余裕があるんですよ。でも私だって頑張って練習すればきっと……」

少し不満そうな表情のマリーだったが、食事をしているうちに先ほどよりは格段に顔色はよくなっている。

「——さて、食事もほぼ終わったからそろそろ本題に入らなければならないが。どうする？　君の方から声をかけてみるか？」

口をキュッと結んだマリーだったが、俺の言葉にコクリと頷いて先ほどの娘を呼んだ。

「すみません」

「あ、はーい！　追加の注文でしょうか？」

パタパタと小走りでやってくる娘に、マリーは緊張しながらもゆっくりと話し始めた。

「このお店にリリエルさんという方がいらっしゃいませんか？」

「リリエル？　あ、うちの店主ですね。私たち従業員はリルさんと呼んでいたからすぐに分からなかったです。ところで、リルさんがどうかしましたか？」

どうやらこの娘は彼女の娘ではなくお店の従業員であるらしい。そして、この店には間違いなくマリーの叔母がいることも分かった。

「すみませんが、お会いすることって出来ないでしょうか？」

「店主とですか？　今は厨房に籠《こ》もっているから難しいかな。伝言だけならば出来ると思いますけど」

彼女の言葉を聞いて、マリーは少し考えて迷いながらも一通《いっつう》の手紙を取り出した。

「これを渡して欲しいのです。出来れば直接渡したかったのですが、忙しい時間に来た私がいけないので。今日は近くで宿をとってまた明日伺います」

「お手紙ですか？　すみませんがお名前を聞いてもよろしいでしょうか？」

「マリエルといいます」

「分かりました。とりあえずすぐに渡してみますが、会えるかは聞いてみないと分かりませんので、少しお待ちくださいね」

「はい。よろしくお願いします」

マリーが頭を下げてお願いをすると、従業員の彼女もお辞儀をしてから厨房へと入っていった。

「もしすぐに会えなければまた明日来ることになりますが、その時はもう一日だけ付き合ってもらえますか？」

「ああ、もちろん。乗りかかった船だからな。最後まできちんと見届けてやるよ」

「ありがとうございます」

その後、俺とマリーは食後のお茶を飲みながら彼女が戻ってくるのを待った。

数分後、厨房の方からバタバタという足音と共に一人の中年女性が、先ほどの従業員の女性と一緒にこちらのテーブルへとやってきた。

「この手紙を持ってきたのはあんたかい？」

貫禄《かんろく》たっぷりの身体を弾ませながら来た女性がマリーにそう問いかける。

「はい、父親のガイルから渡されたものです」

「そうかい。アンタがマリエルかい。大きくなったもんだ」

「あなたがリリエル叔母さんなのですか？」

「ああ、そうだよ。それでその目の前の男はアンタのいい人なのかい？」

リリエルは鋭い眼光で俺を値踏みするように見てそう問いかける。

「か、彼は私をエンダーラからここまで護衛してくれた冒険者のアルフさんで、そういった関係ではありません」

「なんだ、そうかい。なかなかいい男を連れていると思ったんだがね。まあ、いいさ。ゆっくりと話したいところだが、今は少々忙しくてね。もう一時間もすれば客も捌《は》けるだろうから、向こうの個室に移って暫く待っていておくれ。ララ、この子たちを奥の個室に案内してやっとくれ。あと、果実水とデザートでも出すようにね」

「分かりました。ではこちらにどうぞ」

リリエルはそう指示を出すと、またバタバタと厨房に戻っていった。


「――待たせてすまなかったね」

俺たちが個室に通されてから一時間を少しばかり過ぎた頃、リリエルが個室へ顔を出し、向かい側の席へと座った。

「さて、どこから話そうかね……。おっと、その前にそこの護衛の兄さんは同席していてもいいのかい？　ここからは他人に聞かれたくない話もあると思うのだけどね」

リリエルは横に座る俺を見てマリーにそう確認した。

マリーは真っ直ぐリリエルを見て答える。

「構いません。彼には私の話は既にしてありますので」

「……本当にアンタの男じゃないんだね？　赤の他人によくそこまで心を開いたものだ」

リリエルはそう言って一通の手紙を取り出してテーブルに置いた。

「読んでみるかい？」

「いいのですか？」

「当たり前さ。この手紙はマリエル、アンタの父親からアンタに向けたものなんだよ。私に宛てた手紙に同封《どうふう》されていて、娘に渡して欲しいと書いてあったよ」

リリエルがそう言って手紙を手渡すと、マリーはそっと開いて父の手紙を読み始めた。

◆◆◆

最愛《さいあい》の娘　マリエルへ。
この手紙を君が読むならばその時、私はもうここにはいないことだろう。

妻を早くに亡くし、不器用な私に育てられたというのに君は素直に成長してくれた。本当に感謝している。

私がいなくなれば当然、生活に支障《ししょう》が出ることだろう。行商の世界は若い女の子が一人で簡単に渡り歩けるものではない。辛いことや理不尽《りふじん》なことだってたくさんある。

だが、君には前を向いて進んで欲しいから、父としての言葉を遺《のこ》そう。

今、自分が何をしたいか？　何を一番大切に思って行動出来るか？　人に流されていては掴めるはずの本当の幸せは近づいてはこないぞ。

これが、私がこれまでの人生で学んだ一番大きなことだ。

『君の人生は君が決めていい』それだけは忘れないで欲しい。

だが、迷いがあるうちはリリエル叔母さんを頼りなさい。妹はああ見えてしっかり者だから、きっと君の背中を押してくれるだろう。

本当はもっと一緒にいたかったが、これも運命だろう。妻と一緒にずっと君を見守っている。幸せになることを心から願っているよ。

――父より。

◇◇◇

「お父さん……」

手紙を読み終わったマリーの目からは大粒の涙が溢れだして、その頬を濡《ぬ》らしていく。

「人に流されずに自分で決める……」

自分の中で反芻《はんすう》するようにマリーが呟くのを聞きながら、リリエルが口を開く。

「兄との約束があるから、マリエルが希望するなら成人を迎えるまで面倒を見ることは保証するよ。ただし、店の手伝いはしてもらうけどね。成人した後は自由にするといい。そのままこの店を手伝ってくれてもいいし、自分のやりたいことが見つかったならばそれに向かって進んでもいい。どちらにしてもマリエルが自分で決めることだよ」

そう言ってリリエルは優しく笑う。

「はい……。でも……」

マリーは何かの思いが引っかかっているのか、歯切れの悪い返事をする。

「――将来のことは今すぐ決められることじゃないだろうが、成人前の女性がわざわざ過酷な世界に飛び込む必要はないと俺は思うがな」

部外者が口を挟むのはどうかと思ったが、彼女の父の言う通り、まだ若い彼女が行商の世界に飛び込むのは大変だろうと思い、ついつい口を出してしまった。

「マリーさんの頑張りは一緒に旅をした俺にはよく伝わっているが、今は一度立ち止まってよく考える時かもしれない。だが大丈夫、マリーさんにはきっと夢を見つけてそれを叶えられる力があると信じている」

初めて会った日から、この街へ辿り着くまでに経験したことの数多くの記憶。そこにマリーの成長をはっきりと見た俺は、真面目な顔で彼女にそう言い聞かせた。

「……分かりました。リリエル叔母さん、よろしくお願いします」

マリーの表情が一瞬だけ曇《くも》ったように見えたが、リリエルに頭を下げてそうお願いをした。

「分かったよ。マリエルのことは責任持って私が預かる。それで、アンタはどうするのさ？」

マリーのこれからを決めた後、リリエルが俺の方を向いてそう問いかける。

「今回の依頼は彼女をここまで無事に送り届けること。それが達成出来たとなれば依頼は完了となる。だから新たな依頼を探すことになるだろう。大森林には遺跡もあるし、知り合いが近くに住んでいるから会いにいくかもしれない。はっきりしたことは未定だが、ギルドに行って馬車の予定を確認してから決めるつもりだ」

「そうかい、そいつは残念だね。なかなか見どころがあるから、用心棒を兼ねてうちで雇ってもいいかと思っていたんだけどね……。まあ、冒険者っていう人種は目の前のことへの探究心《たんきゅうしん》に逆らえないものなのかもしれないね」

「期待に添えなくてすまないな」

「いいってことさ」

リリエルはそう言ってマリーの肩に手を置いた。

「じゃあ、お元気で……」

マリーは精一杯《せいいっぱい》の笑顔を見せながら俺を送り出してくれる。

「ああ、次がいつになるかは約束出来ないが、きっとまた会いにくることもあるさ」

「はい。ずっと待っていますね」

最後の別れの言葉を聞いた俺は、長かったようで短いマリーとの充実した旅を思い出しながら、二人に背を向けてギルドへと歩き出したのだった。


——からんからん。

冒険者ギルドのドアを開け、俺は窓口で大森林の遺跡について尋ねる。対応してくれた受付嬢が遺跡のある場所とそのすぐ傍にあるギルドの施設について説明をしてくれた。

「なるほどな。ある程度の探索は進んでいるが、まだ未到達のところもあると。なかなか面白いかもしれんな」

「Bランクの証があれば遺跡に入ることは問題ありませんが、出来ればパーティーを組まれることを推奨しております」

受付嬢は善意でそうアドバイスをしてくれるが、今のところは一緒に行くような人はいないので「考えておくよ」と言って苦笑いで返しておいた。

「遺跡行きの馬車は出ているのか？」

「そうですね。明日ならばあるかと思われますが」

「ならば、一名で予約を頼む」

「分かりました。そのようにしておきます」

予約表に記載をしてもらった俺は、運賃の前金を支払いギルドを出る。

「明日か……。まあ、のんびり行くかな」

俺はすぐに遺跡に向かうつもりだったが、馬車がないのなら仕方がない。

その後は、夜まで武器屋や食料品店などを見て必要な物を買い揃えていき、宿で夜を明かした。


次の日の朝、ギルドの馬車に乗るために広場で待っていると、突然後ろから声がかかる。

「アルフさん！」

まさかと思いながら振り返ると、そこには昨日別れたはずのマリーの姿があった。

「マリーさん。どうしてここに？」

「大森林の遺跡に向かう馬車はここから出るとギルドで聞いたのです。もう一度だけアルフさんに会いたくて……」

そう言って下を向くマリーに、俺は近くのベンチに座ることを提案する。

「出発までにはまだ時間があるから大丈夫だ。それで、何かあったのか？」

「昨日の夜。リリエル叔母さんといろいろな話をしたんです」

そう前置きをしたマリーは、空を見上げながらそのことについて話を始めた。

「叔母さんは私が憶えていたこと以上に幼い時の私を知っていて、私ってそんな子供だったんだなって懐かしくなりました。そして、叔母さんは私が成人するまでのことや成人してからのことをいっぱい話してくれて、子供のいない叔母さんの後継者《こうけいしゃ》としてお店の経営の勉強をしてみるように提案してくれたんです」

俺は黙ったままマリーの言葉の続きを待つ。

「その言葉は凄く嬉しくて、涙が出そうになりました。両親を亡くして一人になったはずの私を温かく迎え入れてくれて、感謝の言葉しか出てこない……。でも」

そこまで言ったマリーは「ふう」と息を吐き、空を見ていた顔をこちらに向けてじっと俺の目を見つめる。

「どうした？」

何かを言いたそうな表情のマリーに俺は優しく問いかけ、ゆっくりと彼女が口を開くのを待った。

「『一番の幸せは、自分で考えて自分で決めて自分で動くことだ。他人に命令されてやることに本当の幸せはない』」

驚いたことに、マリーは俺が前に言った言葉を一字一句《いちじいっく》違《たが》わず口にした。

「マリーさん、そいつは……」

「アルフさんが教えてくれた言葉です。昨日の夜、叔母さんと話して自分の中ではここに残ることに納得していたはずなのに、アルフさんの言葉がずっと頭から消えなくて。朝、目覚めたら私は泣いていたんです。それを叔母さんに伝えたら、行ってこいと、遺跡に向かう馬車ならば出発に間に合うはずだと言って送り出してくれたんです」

マリーはここに来た理由と経緯を話すと、はちきれそうな想いを俺に向かって叫んだ。

「やっぱり私は行商がしたい！　一緒に旅をした間に感じた行商への想いは、優しく背中を見守ってくれたアルフさんのおかげで胸の中で膨らみ続けています。その気持ちを今ここに置いたまま別の道に進めるほど、私は強くありません。……それに、初めて心から信頼出来る人と出会えた。この心に嘘をつきたくないんです！　だから、だから……」

言葉にならない想いが大粒の涙となってマリーの頬を濡らす。

「私をアルフさんの旅に連れていってください……。お願いします」

とめどなく流れ落ちる涙を拭《ぬぐ》うことも忘れて、マリーは俺の胸に顔を埋《うず》めて泣き続けた。

カンカンカン。

その時、馬車が出る合図が広場に鳴り響いた。

「大森林の遺跡へ向かう予約客は集まってくれよ！」

御者の男性が広場に集まっている旅人や冒険者に向けてそう告げる。

「出発の時間か」

肩を震わせながら泣くマリーに俺は一言「分かった」と答えた。

そして御者の男性に声をかける。

「今からその馬車で遺跡に向かう予定だったアルフという者だが、少しばかり予定が変わって行けなくなっちまった。前金は戻さなくていいから出発してくれ」

御者の男性は俺とマリーの姿を見ると、何を勘違いしたか分からないが、ビシッとサムズアップして「幸せにな！」と言って御者台に上がると馬車を出発させたのだった。

「――まずは叔母さんを含めてもう一度きちんと話をするぞ」

出発した馬車を遠くに見ながら、マリーの頭にポンと手を置いてそう話す。

「……はい」

俺は少し落ち着いた様子のマリーと一緒にリリエルの待つ食堂に向かう。


リリエルは開店の準備をしながら待っていた。

「アンタが戻ってきたってことは、マリーの提案を受け入れたってことだね？」

リリエルは俺の顔を見るなりそう言ってニヤリと笑う。

「大切な姪《めい》のマリーさんを、こんな素性《すじょう》のしれない冒険者に預けて、後悔しないか？」

リリエルの表情にしてやられたと感じた俺は、わざと少しぶっきらぼうな態度でそう問いかけた。

「この娘が自分で決めたことだから、私がとやかく言う筋合いはないさ。むしろ、アンタに姪の面倒を押しつける形になったことに罪悪感があるくらいさね」

俺は予想外にさばさばした態度のリリエルと、隣に立つマリーの表情を見て全てを悟った。

「なるほど。確かに双方、納得済みってことだな。分かったよ、引き受ける。ただ条件がある」

「なんでしょうか？」

マリーが緊張した様子で俺の言葉を待つ。

「あくまでも俺の旅の目的を優先させてもらうぞ。まだマリーさんは未成年だし、行商人としての経験も浅い。行商を主とするよりも俺の行く先々で商売について勉強し、独り立ち出来るようになることが先だ。それでもいいか？」

俺の言葉を聞いたマリーは、感情を抑えることを忘れたように目に嬉し涙を溜めたまま、俺の胸に飛び込んできて叫んだ。

「本当に嬉しい！　ありがとうございます！」

その姿を見たリリエルが笑顔でため息をついて俺に言った。

「おやおや、本当によく懐いているようだね。まあ、アンタなら安心して姪を任せられる気がするよ。マリエルを頼むわね」

「ああ、任せてくれ」

そう返した俺は彼女に頭を下げたのだった。

◇◇◇

「――リリエル叔母さん。本当にありがとうございました」

次の日の朝、開店前の店の前でマリーはリリエルに深々と頭を下げてお礼を伝えた後、くるりと体をこちらに向けて俺にも頭を下げる。

「私の我が儘に応えてくれてありがとうございます。これから多くのことを勉強して、いろんなことを経験して、商人として父の背中を追い求めたいと思います。だから、どうかよろしくお願いします」

マリーはけじめとばかりに俺に対して丁寧な言葉で礼を伝えてきたので、俺からはマリーに一つ提案することにした。

「ああ。だが、これからは砕けた口調で話してもいいか？」

「たとえば？」

「そうだな。今まではマリーさんが依頼主だったから敬称をつけていたが、これからは同等の立場だから、マリーと呼ばせてもらうとか？」

俺の提案にマリーは目を輝かせてこくこくと頷くと「それ！　嬉しいです！」と言って俺の手を

握って了承してくれた。

「ほらほら、そんなことしているといつまで経っても出発出来ないよ。話す時間はこれからいくらでもあるでしょう？」

リリエルはそう言ってマリーを優しく抱きしめると「体に気をつけて行っておいで」と言って俺たちを送り出してくれた。

俺はもう遠慮して荷台にいる必要もないだろうと、マリーの隣の御者席に座った。そして、名残惜しそうに馬車をゆっくりと進ませるマリーを横目に見ながら、彼女をしっかりと支えていこうと心に誓って言う。

「まずは、大森林の遺跡に寄ってみるか。まあ、焦らずにのんびり行こうぜ、マリー」

「はい！」

晴天の青空を見上げながら、俺はこれからの旅に心を躍《おど》らせていた。

家族の温かみに触れることなく死んでしまった少年が転生したのは、家族仲が最高な平民一家の末っ子。両親や兄に大事にされながらすくすく育った転生者のルイは、前世の知識を活かして一家が経営するレストランを繁盛させたり、未知のユニークスキルで領民を助けたりと大活躍していく。そんなある日、ルイは街での噂を聞きつけた領主から呼び出されてしまい——前世で夢見たほっこりライフの実現を目指す、家族第一なルイの成長譚開幕!!

◉定価：1430円（10%税込）　◉ISBN：978-4-434-35492-2　◉illustration：pokira

この作品に対する皆様のご意見・ご感想をお待ちしております。

おハガキ・お手紙は以下の宛先にお送りください。

【宛先】

〒 150-6019 東京都渋谷区恵比寿 4-20-3 恵比寿ｶﾞｰﾃﾞﾝﾌﾟﾚｲｽﾀﾜｰ 19F
（株）アルファポリス　書籍感想係

メールフォームでのご意見・ご感想は右のＱＲコードから、
あるいは以下のワードで検索をかけてください。

アルファポリス　書籍の感想　検索

ご感想はこちらから

本書は Web サイト「アルファポリス」（https://www.alphapolis.co.jp/）に投稿されたものを、改題・改稿、加筆のうえ、書籍化したものです。

魔王《まおう》のいない世界《せかい》に勇者《ゆうしゃ》は必要《ひつよう》ないそうです

夢幻の翼（むげんのつばさ）

2025年 3月30日初版発行

編集ー濱田湧壮・若山大朗・今井太一・宮田可南子
編集長ー太田鉄平
発行者ー梶本雄介
発行所ー株式会社アルファポリス
〒150-6019 東京都渋谷区恵比寿4-20-3 恵比寿ｶﾞｰﾃﾞﾝﾌﾟﾚｲｽﾀﾜｰ19F
TEL 03-6277-1601（営業）　03-6277-1602（編集）
URL https://www.alphapolis.co.jp/
発売元ー株式会社星雲社（共同出版社・流通責任出版社）
〒112-0005 東京都文京区水道1-3-30
TEL 03-3868-3275
装丁・本文イラストーCsyday
装丁デザインーAFTERGLOW
印刷ー中央精版印刷株式会社

価格はカバーに表示されてあります。

落丁乱丁の場合はアルファポリスまでご連絡ください。

送料は小社負担でお取り替えします。


ISBN978-4-434-35488-5 C0093